HOTEL CALIFORNIA

RAMÓN VALDÉS ELIZONDO

HOTEL CALIFORNIA

BIENVENIDO
¡NUNCA PODRÁS SALIR!

HarperCollins

≡HarperCollins *México*

© 2022, HarperCollins México, S.A. de C.V.
Publicado por HarperCollins México
Insurgentes Sur No. 730, 2º piso,
03100, Ciudad de México.

Hotel California. Bienvenido. ¡Nunca podrás salir!

D.R. © HarperCollins México, 2022
© Ramón Valdés Elizondo, 2022

Diseño de forros: Cáskara Editorial / Alejandra Ruiz Esparza.
Formación de interiores: Francisco Miguel Miguel
Imágenes de portada: © Shutterstock, Inc.
Tipografía de portada: © Freepik Company S.L.

ISBN Rústica: 978-1-4002-4501-7

Primera edición: julio de 2023

A mi madre, por siempre creer en mis sueños, aunque a veces parezcan locuras.

"La mente es tierra fértil,
cuidado con lo que siembras".

—Ajbeh

Descarga la playlist de la música
que me acompañó en la creación
de esta novela.

Contenido

El desierto

Un Mustang negro cruzó la noche del desierto tal como una centella. Damián acomodó y miró por el retrovisor. Las luces de sus perseguidores se veían a lo lejos, pero ya llevaba la suficiente distancia para desaparecer; apagó las luces y avanzó lo más rápido que pudo en la oscuridad. El velocímetro marcaba setenta millas por hora. Varias veces salió del camino, pero era un conductor experimentado, soltaba el acelerador, giraba el volante y volvía a acelerar.

Volvió a mirar atrás mientras sus perseguidores ganaban más distancia, pero sabía que pronto los asaltarían las dudas, era cuestión de minutos para que comenzaran a preguntarse si el Mustang se había desviado en alguna vereda o si en algún momento la oscuridad se lo había tragado.

El truco funcionó, los sicarios se detuvieron en una bifurcación, admitían que por segunda vez el ladrón se había escapado. Dispararon al aire, llenos de rabia e impotencia. Damián sonrió y disminuyó la velocidad, el desierto parecía una boca negra, estaba nublado y casi no había estrellas en el cielo. Empapado de sudor, abrió la ventana y sintió el golpe del aire frío en el rostro. El cabello se le revoloteó y poco a poco el sudor se secaba. Lo había logrado, había escapado. «Esta vez por muy poco», pensó.

Miró el sobre de cuero debajo de su revólver en el asiento del acompañante, estaba manchado de sangre y se preguntó si todo había valido la pena,. Pagarían una fortuna por su contenido, pero ¿a qué costo?, ¿cuánto valía una venganza? Se limpió una lágrima que le escurría por la mejilla y volvió a concentrarse, ya habría tiempo para brindar por todos los que habían caído, ahora tenía que ser paciente, pasar algunos días en Baja, después cruzaría por ferry hasta Mazatlán y luego iría por el noreste mexicano hasta Piedras Negras. Sería una vuelta muy larga, pero regresaría a San Francisco, vendería la información y se esfumaría para siempre.

El motor de Mustang comenzó a vibrar y a jalonearse. Damián miró el tablero y descubrió que la aguja de gasolina marcaba la reserva. «Pero ¿cómo demonios sucedió esto?» Recordó que cuando inició la persecución en Cabo San Lucas, le habían disparado varias veces, ¿era posible que alguna bala hubiera perforado el tanque de combustible?

—¡Maldita sea! —gritó dándole un golpe al tablero.

Avanzó a cuarenta millas por hora, tratando de ahorrar la mayor cantidad de gasolina. El viento era cada vez más frío, pero un aroma dulce como a madera vieja se coló por la ventana, tardó unos segundos en reconocerlo, pero era un olor inconfundible; a marihuana. Volvió a verificar el retrovisor, nadie lo seguía, la carretera estaba desierta. Evaluó sus opciones, sabía que no podía pasar la noche dentro del carro, era demasiado arriesgado, lo mejor sería avanzar hasta quedarse sin combustible y luego quemarlo. Le preocupaba caminar de noche por el desierto, las serpientes de cascabel, las tarántulas y alacranes abundaban por la zona y odiaba aquellas alimañas.

De pronto, como si el aroma a madera vieja lo relajara, sintió un profundo cansancio, había dormido muy poco las noches anteriores al atraco y el estrés de la persecución estaba cobrándole la factura. Luchó contra el agotamiento dándose pequeñas cachetadas y pellizcos, sentía la cabeza y los párpados pesados. La carretera era angosta y agrietada, era un camino viejo, por lo visto muy poco transitado. Subió una colina y cuando llegó a la cima vio una enorme planicie en la que se podía distinguir un pequeño punto brillante a la distancia. Sus sentidos se pusieron en alerta. Descendió la colina, pasó junto a un letrero desvencijado en el que pudo leer:

Entrecerró los ojos para poder ver mejor y alcanzó a distinguir lo que parecía la farola de algún tipo de construcción antigua. Damián sonrió, su buena suerte no lo había abandonado, fuera lo que fuera, seguramente podría comprar a los dueños algo de gasolina y quizá una botella de whiskey o de tequila, pensó en lo bien que le vendría un largo trago de alcohol.

El Mustang volvió a jalonearse.

—Vamos negro, aguanta un poco más... —dijo esta vez acariciando el volante.

Con el último aliento, el Mustang lo dejó a unos cien metros de una vieja casona de dos pisos con arcos en la fachada y una balaustrada en la planta alta. No era una construcción bonita, pero había algo en el conjunto de arcos, muros y balaustres que la daban una esencia misteriosa y atractiva. Del otro lado de la carretera, frente a la casona, había una capilla en ruinas. El techo se había desfondado, pero aún se conservaban la fachada, las paredes laterales y una pequeña torre.

Damián abrió la puerta y descendió del auto. Se metió el revólver en la parte trasera del pantalón y el sobre de cuero en la entrepierna, también cogió un tubo naranja de pastillas y su cajetilla de cigarrillos.

El desierto era silencioso, sólo se escuchaba el viento que silbaba a través de los arbustos y el ligero repicar de una campana en la torre de la capilla. La temperatura seguía descendiendo, Damián se frotó los brazos y echó un poco de vaho en sus manos para calentarlas. Su camisa seguía mojada, si no se la cambiaba pronto seguro pescaría un resfriado y lo que menos necesitaba era estar enfermo. Avanzó hasta la entrada del edificio y miró un letrero derruido y chueco en el que apenas se podía leer:

HOTEL CALIFORNIA

¿Quién construiría un hotel en medio de la nada? Se acercó a una puerta de madera gruesa, pero astillada y mal barnizada. No había un timbre o una campana así que tocó con la mano. Nadie respondió. Tocó una segunda vez con más fuerza, pero nada... ¿Estaría el hotel abandonado? Frustrado se apoyó en la puerta e inesperadamente el cerrojo cedió. El aroma a marihuana mezclado con pachuli que había percibido kilómetros atrás lo recibieron desde lo que parecía ser la recepción. Damián dudó, había algo en aquel lugar que le causaba escalofríos. Dio media vuelta, pero antes de que diera el primer paso escuchó:

—¿Se va tan pronto?

Damián volteó lentamente y miró a una mujer de cabello rubio y rizado parada en el marco de la puerta con un quinqué en la mano. Llevaba un vestido blanco de tirantes y estaba descalza.

—Pensé que el lugar estaba abandonado.

—Mmmmm, discúlpeme, es que... estaba ocupada —dijo con una sonrisa traviesa.

Damián devolvió la sonrisa evaluando a la mujer: era joven, atractiva, tenía las pupilas dilatadas y los ojos un poco rojos. Se movía con parsimonia y su mirada era un poco más persistente de lo habitual.

—¿Hay alguien más aquí? —preguntó Damián tratando de echar un vistazo al interior.

—Pues es un hotel, claro que hay más personas. Por qué no pasa, la noche es fría.

La muchacha dio media vuelta y entró. Damián la miró desvanecerse como un fantasma en la oscuridad. Dudó, se paró en el marco de la puerta, miró su Mustang, luego hacia interior del hotel y una vez más hacia el automóvil. Había algo que lo incomodaba, un instinto, una corazonada que le advertía que debía marcharse. El viento frío volvió a soplar estremeciéndole el cuerpo, el agotamiento regresó de golpe, tenía que descansar. El lugar no era más que un hotel en ruinas, con una anfitriona drogada y si adentro lo esperaba alguna sorpresa, para eso tenía el revólver.

El cielo o el infierno

CRUCÉ EL PORTAL y tardé unos segundos en acostumbrarme a la poca luz de la recepción. Tuve que tallarme los ojos un par de veces para cerciorarme de que no estaba alucinando: a diferencia de la fachada, el interior del hotel era espectacular. El estilo mexicano se había cuidado hasta el más mínimo detalle. Los muebles antiguos contrastaban con cuadros, artesanías y esculturas cuidadosamente seleccionadas. Las paredes de colores claros constrastaban con los pájaros, ángeles, cruces y corazones alados. Había una barra larga de madera labrada que volvía a contrastar con una estantería de color rosa intenso en la que estaban las llaves de las habitaciones, toallas y frazadas escrupulosamente acomodadas. Conté treinta y dos habitaciones. En toda aquella galería de buen gusto sólo había una fotografía que no encajaba, a un costado de la recepción junto a una repisa con quinqués de aceite, se exhibía en un marco de madera apolillada la fotografía en blanco y negro de una familia de rasgos asiáticos, el hombre llevaba un traje claro y tenía el cabello relamido, la mujer usaba un vestido largo y liso, llevaba un bebé en los brazos y los acompañaban seis niñas formadas por estaturas.

La recepcionista notó mi interés en la fotografía y dijo:

—No puedo creer que todos los huéspedes se fijen en esa espantosa fotografía.

—Bueno, es un punto negro entre toda esta decoración.

—Y mil veces he querido quitarla y por alguna razón siempre lo olvido —la muchacha miró la foto y con desgano dijo: —Al final el hotel les debe mucho.

—¿A esa familia? ¿Son los dueños?

La muchacha volvió a sonreír, esta vez con una mueca irónica.

—Lo fueron... Pero bueno, basta de historias que este hotel guarda muchas y seguro usted viene cansado, así que déjeme darle la bienvenida y llevarlo a su habitación.

La muchacha se alisó el vestido y dijo con teatralidad:

—Bienvenido al Hotel California, un lugar encantador, sin importar cuando nos visite, siempre lo estará esperando su habitación.

Levanté una ceja mientras fruncía la otra.

—¿Esa es su bienvenida?

—Así es señor y estamos para servirle.

La chica volvió a sonreír.

La observé con más detenimiento, era verdaderamente hermosa, tenía una risa desparpajada de dientes marfilados, las mejillas sonrosadas, en su cabello se formaban bucles rebeldes y dorados que le llegaban hasta los hombros y que resaltaban sus ojos color miel. Era difícil despegarle la mirada y por lo visto la chica lo sabía.

—Muy bien señor...

—Sinclair

—Señor Sinclair...

—James Sinclair

La chica torció una sonrisa.

—Claro, claro, señor James Sinclair. Por favor sólo firme aquí y le asignaré su habitación.

Firmé como J. H. Sinclair, identidad que había utilizado para el atraco y como ya es costumbre saqué el pasaporte para identificarme.

—Señor Sinclair, ¡No hay necesidad! En el Hotel California respetamos la intimidad de nuestros huéspedes. ¿Trae equipaje?

—Sólo lo que llevo puesto.

La chica me miró de arriba abajo, hizo una mueca de indiferencia, cogió un quinqué y me dijo:

—Muy bien señor Sinclair lo llevaré a su habitación.

La seguí guardando cierta distancia. Sentía el metal frío del revólver en la parte trasera de mi pantalón, el sobre de cuero en mi entrepierna, el tubo de pastillas y los cigarros en las bolsas de mis jeans; en efecto llevaba todo el equipaje que necesitaba.

La rubia atravesó la recepción y salió por una puerta que conducía a un patio interior. Cada detalle del jardín también había sido cuidado con esmero, parecía un rincón del Edén. En el centro del patio había una fuente de sirenas de cuyos abultados senos salían chorros de agua que caían en las bocas de extraños peces. Había bancas de colores y macetas en formas de calaveras. A un costado del patio había otro pasillo flanqueado por arcos como el que pasamos junto a una puerta de madera y herrería que tenía un letrero metálico con la leyenda: "Cantina el infiernito". Seguimos, noté que en las paredes había candeleros de metal en forma de serpientes o dragones pero que estaban apagados, seguimos y pasamos junto a otra puerta con el letrero "Comeduría" y después junto a unas escaleras amplias con otro letrero que decía "Salón Principal".

La chica notó mi interés y me dijo:

—El segundo piso es la única parte del hotel que no está abierta a los huéspedes, es una zona reservada.

Salimos del jardín y continuamos por un largo y sombrío corredor, a la mitad pasamos junto a un mural que no pude apreciar debido a la penumbra y luego dimos vuelta en una bifurcación hacia la izquierda.

—Su habitación, está al fondo. Es la número veinte.

La rubia avanzó por un pasillo aún más oscuro que el anterior, en el que había puertas de habitaciones a los costados, yo caminaba a cierta distancia y de pronto me pareció que seguía a un fantasma que iba iluminando las tinieblas con el quinqué, el vestido le llegaba hasta los tobillos y sus pies descalzos parecían flotar. Cuando ibamos a la mitad del pasillo, sentí que la temperatura descendía y aunque fue por un instante, escuché que desde los resquicios de las puertas que me rodeaban salían susurros que decían:

Bienvenido
Bienvenido
Bienvenido.

Me detuve y pregunté:
—¿Qué fue eso?
—¿Qué fue qué? —contestó la rubia sin mucho interés.
—Las voces.
—¿Las voces?
—Eso dije, las voces.
La chica torció los labios, me miró como si no comprendiera, hasta que dijo:
—¿Posiblemente es otro huésped?
—No, eran varias voces que hablaron al mismo tiempo, era como si el sonido saliera por debajo de las puertas.

—¿Por debajo de las puertas? —dijo la muchacha inclinando la cabeza hacia un costado y levantando una ceja.

En el momento me percaté de lo absurdo que debí escucharme, estábamos en un hotel, era natural que hubiera más personas, además estaba muy estresado, era posible que mis nervios me estuvieran jugando otra mala pasada, lo mejor era ir a la habitación, tomarme una pastilla y descansar.

—No es nada, debí haberlo imaginado —respondí.

La muchacha se encogió de hombros y siguió caminando. Llegamos al final del segundo pasillo hasta mi habitación, noté que cada número de cada habitación eran diferentes, unos eran de metal, otros pintados en las puertas, otros con decoraciones barrocas o flores. La habitación veinte tenía números más sencillos, sólo un dos y un cero labrados en la madera.

La muchacha dio media vuelta y sin importarle mucho el espacio personal, se me acercó, cogió mi mano y me puso sobre la palma una llave antigua de dos dientes. Luego me miró y con una sonrisa me dijo:

—Esta es su habitación señor Sinclair. Que tenga una maravillosa estancia. Ah, y si necesita algo, llámeme, estaré por allá…—señaló con un gesto que mezclaba pereza y cierta sensualidad hacia la recepción.

La vi alejarse por el pasillo y cerré la puerta. «¿Dónde demonios me había metido? Un hotel de lujo en medio de la nada, una recepcionista hermosa coqueteándome, ¿y las voces en el corredor?» Todo parecía un sueño. Estaba agotado, lo que realmente necesitaba era lavarme, tomarme la pastilla y dormir.

Encendí la luz y caminé por la habitación, era amplia e igual de escrupulosamente decorada. Las paredes eran lisas pintadas de rojo ladrillo y el piso era de mosaicos pintados a mano que formaban un tapete de guirnaldas frente a la cama. Había una mesa circular con dos sillas forradas de terciopelo, un tocador de madera tallada con figuras de hojas y flores en las esquinas. La pared que daba al fondo tenía una ventana de techo a piso flanqueada por dos muros con fotografías enmarcadas. Entre esa pared y la mesa de las sillas de terciopelo, había un ropero de dos puertas de cristal con artesanías, una máquina de escribir oxidada y algunos libros viejos. La cama era *queen size* y tenía una cabecera de herrería retorcida que formaba extraños nudos. Junto a la cama había dos mesitas, una en cada costado. La de la derecha tenía un teléfono antiguo de color rojo y la otra una lámpara en forma de catrina con una sombrilla. Abrí la puerta del baño, era una habitación de forma irregular que tenía en el centro una bañera antigua con una regadera formada con un tubo de cobre que salía del piso, subía dos metros y se torcía como un garfio. El piso era también de mosaico, con figuras azules y redondeadas, las paredes eran grises salvo la frontal que tenía un color azul celeste y estaba tapizada por cientos de pequeñas esculturas de peces de barro negro, todos mirando hacia la derecha excepto uno que miraba en sentido contrario. En una esquina estaba el lavabo, también antiguo, tenía forma de molcajete y estaba acompañado de un espejo oval con un marco de madera tallada con motivos florales.

Giré la llave y la tubería vibró ronca y repetidamente antes de permitir el flujo del agua. Primero salió un chorro marrón que poco a poco se fue aclarando hasta que el agua se hizo cristalina. Me limpié la cara y me sequé con una toallita con bordados de colores, pero evité ver mi reflejo en el espejo, no quería mirarme y menos sin haberme medicado.

Regresé a la habitación, dejé el sobre de cuero en el cajón del buró que tenía la figurilla de la catrina con una sombrilla y el revólver bajo la almohada. Las piernas y los brazos me dolían, el estrés de la persecución estaba cobrando sus facturas. Apagué las luces y la habitación quedó iluminaba sólo por la sombrilla de la catrina. Me dejé caer sobre la cama. Las sábanas eran suaves y el colchón confortable. Estiré el brazo y apagué la lámpara. Todo quedó oscuro y en silencio, sólo podría escuchar mi respiración.

Lo había logrado, pese a todo, lo había logrado. Cogí el tubo naranja, saqué una pastilla y la mastiqué; de inmediato su sabor me llenó la boca, dejé que el amargor me invadiera mientras imaginaba el rostro de Antoinne Miller cuando sus sicarios regresaran para decirle que me había escapado. Me complacía imaginar su rabia, sus desplantes iracundos y sus amenazas. Era justo lo que merecía ese bastardo, ahora estaría sintiendo la impotencia de perder algo y no poder hacer nada para recuperarlo. No era momento de pensar en todo lo que había costado mi venganza, para eso había masticado la pastilla, para evitar que mi mente pensara demasiado, palpé el sobre de cuero en el cajón, sabía que ni toda esa fortuna podría sanar el dolor de todo lo que había perdido, pero me insistí, no era momento de pensar, ya mañana resolvería el asunto de la gasolina, ya mañana tendría tiempo para disfrutar el agridulce sabor de la venganza, ahora debía cerrar los ojos y descansar. Crucé los brazos atrás de la nuca, poco a poco comencé a sentir el efecto de la pastilla, caía despacio en esa complaciente frontera entre la vigilia y el sueño, estaba quedándome dormido, cuando un nuevo susurro, uno dicho justo en uno de mis oídos me hizo saltar de la cama:

Bienvenido...

Cogí el revólver y apunté hacia la oscuridad intentando descubrir quién había entrado en la habitación, pero mis ojos lentamente se fueron acostumbrando a la penumbra para confirmarme que la habitación estaba vacía.

¡Sálvate tú!

EL SALÓN ARDÍA. El humo denso y negro llenaba cada rincón. Damián no podía respirar, sentía los pulmones saturados y ardientes.

—¡Raquel! —dijo con voz ronca, casi afónica—. ¡No te separes!

La sujetaba de la mano y con la otra se tapaba la boca tratando de evitar respirar el humo. Los dos se arrastraban. El techo crujía. Damián no había levantado la mirada, pero cuando lo hizo miró con horror que el techo ardía como un mar de fuego.

—¡Vamos! ¡Vamos! ¡Hay que salir de aquí!

Raquel casi no se movía. Trataba de avanzar, pero las fuerzas la abandonaban.

Damián hizo un mayor esfuerzo, pero avanzaban muy despacio. El techo volvió a crujir. Damián intentó arrastrarla con un último esfuerzo, pero antes de que pudiera moverla, una viga envuelta en llamas se desplomó y cayó justo sobre la espalda de Raquel.

—¡No! ¡Raquel! ¡No!

Damián trató de empujar la viga, pero las llamas le quemaban las manos. Raquel intentaba moverse, mas no tenía fuerza ni para quejarse, sólo gemía bajo, mientras la piel se le quemaba.

—¡No, por favor! ¡No!

Damián trató de empujar la viga con los pies, pero era inútil, la madera era demasiado pesada.

—¡Raquel! ¡Raquel!

Raquel de pronto se quedó inmóvil tendida boca abajo, decenas de pequeñas brasas le devoraban el cabello.

—Damián... —dijo en un hilo de voz.

Pero Damián no escuchaba, con todas sus fuerzas intentaba empujar la viga con los pies.

—Damián —repitió la voz que salía debajo del cabello quemado y humeante.

Damián, sorprendido dejó de patear la viga y miró a su esposa.

Raquel deslizó su mano ennegrecida hasta tocarlo.

—Tienes que escuchar.

Damián titubeó y se acercó lo más que pudo. Raquel levantó la cara, tenía las mejillas y las cejas chamuscadas, los labios descarnados que mostraban sus dientes y un derrame en su ojo izquierdo. Damián se estremeció, horrorizado escuchó la voz de su mujer con una claridad incongruente a su deplorable aspecto.

—Damián, tienes que huir.

—No, ¡nunca! ¡Te voy a sacar! ¡Te voy a sacar! —dijo mientras comenzaba a patear la viga otra vez.

—Damián tienes que salir de este lugar.

—No, ¡no lo haré!

La imagen cambio y, de pronto, Raquel estaba parada en la puerta del hotel en medio del desierto, su cuerpo seguía quemándose e iluminaba la penumbra. Le sonrió con el rostro chamuscado y le dijo:

—Sálvate tú mi amor, recuerda... Yo ya estoy muerta.

Atrapado

Abrí los ojos empapado en sudor.

Había amanecido, los rayos de luz se filtraban por la ventana e iluminaban la penumbra con pereza. Aun sentía el corazón retumbándome en el pecho. Me senté y me cubrí la cara con las manos. Por mis mejillas escurrían gotas de sudor mezcladas con lágrimas. Me levanté y busqué en el buró las malditas pastillas, una no había sido suficiente, la tensión del día anterior seguramente me había disparado los nervios y la dosis no había alcanzado para neutralizar mis recuerdos. Sólo cuando me drogaba, las pesadillas desaparecían, pero cada vez necesitaba más y más para olvidar.

Habían pasado casi dos años desde aquella noche, desde aquel infame baile que me había arrebatado lo que más amaba en la vida. Miré el sobre de cuero dentro del cajón y pensé: «¿En qué me había convertido?

¿En un ladrón? ¿En un asesino?» La venganza había sido el pretexto para liberar a los demonios que traía encerrados en el pecho, pero cada noche, irremediablemente tenía una cita con el purgatorio de mis recuerdos.

Destapé el tubo naranja y mastiqué otra pastilla. El sueño había sido tan intenso, mi desesperación tan real, que no quería tener la imagen del rostro de Raquel carbonizado rondando por mi cabeza por el resto del día.

Me levanté de la cama y caminé hasta el baño. Me metí en la bañera y abrí la llave. Al igual que el lavabo, la tubería vibró y de la regadera salió un chorro de agua fría y marrón que me hizo estremecer. Respiré rápidamente tratando de regular mi temperatura, pero a los pocos segundos la tubería dejó de vibrar y el agua fluyó clara y tibia. Me quedé inmóvil dejando que el chorro me confortara, necesitaba aquel abrazo, sin importar de donde viniera. Me gustaba la sensación de desasosiego que me generaban las pastillas, podía cerrar los ojos y no ver nada, no recordar nada, era como si de pronto mi mente fuera un libro cerrado en un abismo infinito y silencioso.

Pasaron cinco, o veinte o quizá sesenta minutos, antes de que regresara a la realidad. Abrí los ojos y miré la pared que tenía de frente. ¿Los pescados de barro habían cambiado de dirección? Podía jurar que la noche anterior todos excepto el del centro miraban hacia la derecha, y ahora todos lo hacían en sentido contrario. Me froté la cabeza seguro de que el cansancio me había confundido. Salí de la bañera y caminé desnudo hacia el lavabo dejando que el agua se escurriera por mi cuerpo. Ahora que había tomado la pastilla podía mirar mi reflejo sin temor, limpié el espejo con la mano y me quedé observándome. Estaba ojeroso y con la barba crecida. Me peiné con los dedos y pensé que me urgía un corte, el cabello me llegaba hasta los hombros.

Salí del baño, me enfundé los jeans, me puse la playera que todavía estaba un poco mojada y antes de ajustarme el cinturón me metí el sobre de cuero en la entrepierna, el revolver atrás, y las pastillas y cigarros en las bolsas de enfrente.

—Al carajo de aquí —dije en voz alta.

Salí por el corredor. Ahora que era de día podía apreciar mejor la decoración. Entre cada habitación había pequeños nichos con figuras artesanales, cada puerta estaba pintada de un color diferente que combinaba con los números clavados en cada puerta. Una puerta de color amarillo tenía el número de habitación en talavera azul, la siguiente puerta era verde esmeralda con su número tallado en piedra blanca. Seguí caminando, mirando cada puerta hasta llegar a la habitación número seis. Era roja con los números cero y seis entrelazados y hechos de barro negro, noté que estaba entreabierta, miré de reojo y vi a una mujer en ropa interior que se peinaba frente al espejo. Tenía la piel morena clara, un corte de cabello estilo *long bob* y usaba lencería negra de encaje. Cuando me descubrió, sonrió ligeramente y siguió peinándose. Yo devolví la sonrisa, recordé los susurros de la noche anterior, me encogí de hombros y seguí caminando.

Cuando llegué al final del pasillo pude observar el mural que la noche anterior no había podido apreciar. La obra era bella, pero a la vez perturbadora: tenía un estilo que imitaba asombrosamente a Diego Rivera, era un paisaje colonial con casas blancas de techos de teja roja, por una calle empedrada corrían unas niñas disfrazadas con máscaras detrás de un perro. A primera vista la escena parecía inofensiva, sólo niñas divirtiéndose en una estampa clásica de las provincias mexicanas, pero al observar con más detenimiento se notaba miedo en la expresión del perro. Dos niñas, una con una máscara de quetzal y otra de iguana le aventaban piedras y una tercera con máscara de tlacuache blandía un palo de piñata. El resto de la escena era confusa, pues había hombres y mujeres a la distancia en lo que parecía una fiesta, bebían y bailaban completamente indiferentes a la persecución.

El mural que a primera vista me había parecido bonito, me fue provocando una sensación de ansiedad, podía sentir el miedo del perro y la crueldad de las niñas enmascaradas, apenas horas antes yo había estado en una situación similar. Chasqué los labios y seguí hacia la recepción. El hotel era hermoso, aunque a la vez extravagante, había algo retorcido detrás de todo ese estilo lujoso y sofisticado. Lo mejor sería marcharme, buscaría a la rubia y… «*¿cómo se llamaba la rubia?*» En ese momento caí en cuenta que no sabía su nombre, en realidad nunca se había presentado. Me volví a encoger de hombros, poco importaba como se llamaba, lo único que quería era comprarle un poco de gasolina y largarme de ahí.

Rodeé el patio, de día era aún más bello que de noche. Habías flores de colores en macetas de barro. Estatuas cubiertas por enredaderas y arbustos. Sillas y mesas de herrería bajo árboles que proporcionaban una sombra porosa por la que se filtraban los rayos del sol. La fuente de las sirenas tenía un moho que le daba un toque antiguo y misterioso. Era un lugar seductor que invitaba a quedarse. Noté que había un hombre alto y delgado haciendo el jardín con un azadón de metal. Vestía con un impermeable gris, la capucha le cubría parcialmente el rostro pues sólo dejaba a la vista una barba canosa y descuidada que cubría unas mejillas de piel curtida por el sol.

Lo saludé, pero el hombre no respondió, siguió podando el arbusto, sin ni siquiera mirarme. Desde ese punto pude ver que al otro lado del patio había un edificio con un letrero que decía: "Biblioteca". Dejé atrás al hombre del impermeable y entré a la recepción, pero estaba vacía. Había una campanita sobre la barra, el mango tenía la forma de una serpiente emplumada, la hice sonar sin obtener respuesta.

Miré sobre la barra y descubrí que había una puerta que conducía a otro cuarto aparentemente una oficina, que también estaba vacía. «¿Dónde estaría la rubia?» Caminé por la recepción y me asomé por una ventana que daba hacia la carretera. De pronto, la sangre se me congeló; ¡El Mustang! ¡El Mustang estaba a plena vista! Estaba estacionado junto a la carretera frente al hotel. «Pero ¡que estúpido soy!» Tenía que salir de inmediato a empujarlo y esconderlo. Traté de abrir la puerta, pero estaba cerrada. Forcejeé un par de veces, aunque la puerta no abrió.

—¿Hola? ¿Hay alguien aquí? —dije ya un poco preocupado.

Nadie contestó.

—¡Hey! ¿Alguien escucha? Necesito salir —hablé más alto sin obtener respuesta.

Fui hacia las ventanas, pero estaban protegidas con herrería, luego regresé a la puerta y comencé a golpearla, primero con las palmas de las manos luego con el hombro. La madera era firme, crujía, pero no cedía.

—¡Hey! ¡Necesito salir! ¡Abran esta puerta! —grité y seguía sin respuesta.

Caminé de ida y vuelta por la recepción como un león. Crucé la barra y busqué en las repisas y cajones. Intenté abrir con las llaves de las habitaciones y ninguna funcionó. Entré a la oficina, revolví papeles, abrí más cajones, pero no había más llaves.

Me detuve a pensar, si la puerta estaba cerrada debía encontrar otra manera de salir. Salí de la recepción y regresé al patio, caminé hacia la fuente de las sirenas y miré el perímetro. La construcción era muy alta y no se veía un lugar por dónde trepar. Sentí una repentina ansiedad, tenía que salir, los asesinos de Antoinne Miller estarían buscándome en cada rincón y bajo cada piedra, lo que le había robado era más que una gran fortuna, le había robado su prestigio, había demostrado a todos sus rivales que el gran mafioso era vulnerable.

Miré las escaleras que conducían al segundo piso y pensé que si lograba subir hasta el techo quizá desde ahí podría saltar y salir, pero ¿y la gasolina? ¿Cómo cruzaría el desierto?

—¡Maldita sea! —grité.

Era increíble, pero por dentro el hotel era una prisión.

Seguí caminando de un lado a otro, pensando la manera de escapar hasta que escuché el claxon de un auto, luego risas y voces que venían desde la recepción.

¡Alguien había llegado al hotel! Sin pensarlo dos veces, crucé el jardín corriendo en búsqueda de mi liberación.

Gasolina

REGRESÉ A LA RECEPCIÓN y encontré a la rubia despidiéndose efusivamente de alguna persona, la chica volteó y al verme entrar sonrió. Tenía un vestido floreado de tirantes un poco flojo que le caía por enfrente y que dejaba ver un poco más allá de su escote. Intenté no bajar la mirada, pero los ojos me traicionaron, fue sólo un vistazo, lo suficiente para que ella fingiera recato y se levantara el vestido.

—¿Está todo bien, señor Sinclair?

—Necesito comprar gasolina.

—¿Gasolina? Bueno, creo que si mira detenidamente este lugar es un hotel —contestó burlona.

Respiré antes de volver a preguntar. Por lo visto a la rubia le gustaban los juegos, pero yo no tenía tiempo, tenía que irme de Baja California cuanto antes.

—Pensé que podrían tener gasolina guardada en bidones. El hotel está en medio de la nada y eso resultaría conveniente tanto para ustedes como para sus huéspedes.

—Bueno, nuestros clientes nunca se han quejado, supongo que son previsores y respondiéndole, no, no tenemos gasolina guardada, sólo la que necesitamos para ir al pueblo a hacer las compras.

—Podría venderme un poco de esa gasolina, sólo necesitamos una manguera y un cubo.

La rubia inclinó la cabeza alargando el momento de contestar. Notaba que tenía prisa y disfrutaba de mantenerme al filo, quizá quería saber cuánto tiempo aguantaría antes de acabar con mi pretendida calma.

—Mmmm, lo siento... Acabamos de regresar del pueblo y sólo tenemos la gasolina suficiente para ir a recargar. Si le vendiera unos cuantos litros nos quedaríamos sin la posibilidad de salir, y como usted lo dijo estamos en medio de la nada... ¿Se imagina si sucediera alguna urgencia? «Alguna urgencia, maldita sea, el que tiene la urgencia soy yo, ¡Me quieren matar!»

Volví a respirar profundamente y la rubia me volvió a sonreír.

—Podrían ir al pueblo a cargar gasolina, necesito seguir mi camino, tengo que llegar a mi destino, me están esperando y es muy importante que esté a tiempo.

—¿En serio? No me lo ha contado, ¿a dónde va?

—Tengo que ir a la Paz.

—A la Paz, mmmm sí, aún está lejos y, ¿a qué va para allá?

—Es un asunto personal.

—Personal… Que misterioso es usted señor Sinclair. Pero ¿por qué la urgencia es algo grave?

—¡Maldita sea! —dije dando un puñetazo a la barra de la recepción.

La rubia dio un salto hacia atrás del susto, me miraba con los ojos muy abiertos y sin despegarme los ojos buscaba a tientas algo en los estantes detrás de la barra, cuando al fin lo encontró, levantó con las dos manos unas tijeras metálicas.

—Disculpa, disculpa —dije mostrándole las palmas de las manos. —No era mi intención asustarte.

La rubia retrocedió si dejar de apuntarme con las tijeras, yo di un pequeño paso al frente y dije:

—Por favor, discúlpame, de verdad no quería asustarte… En realidad, necesito irme.

La rubia se quedó inmóvil apuntándome, yo levanté aún más las manos, en el fondo tenía ganas de arrebatarle las tijeras, quitarle las llaves del auto y largarme de ahí, pero no podía seguir llamando la atención. Bastaba con que un par de matones me estuvieran buscando como para que también lo hiciera la policía. Sabía que había cometido un error y era el momento de enmendarlo, bajé la mirada y sonreí amargamente antes de decir:

—En realidad, necesito tu ayuda…

La rubia me observó, ladeó ligeramente la cabeza antes de bajar lentamente las tijeras.

—Aunque quisiera no puedo ayudarlo señor Sinclair.

—Sólo necesito que alguien me lleve a comprar gasolina y regresaremos al hotel. —Damián sacó su billetera y puso dinero sobre la barra. — Les pagaré quinientos dólares por ese favor.

La rubia miró los billetes y contestó:

—Eso es mucho dinero por un poco de gasolina, pero en realidad no puedo ayudarlo. No tenemos por el momento vehículos en el hotel.

—Pero me acabas de decir que sólo tienen gasolina para una emergencia.

—Sí, sí, pero momentos antes de que usted entrara a la recepción me despedía de Fabiano, un querido amigo que se llevó el auto para repararlo, no regresará al hotel hasta mañana.

—¡¿Hasta mañana?!

—De verdad lo siento...

—¿Y no hay otro huésped en el hotel que tenga un vehículo?

—No que yo sepa.

—Vi a una muchacha en la habitación seis.

—Ah sí, ella...

—¿Y bien?

—Ella tiene algún tiempo hospedada aquí.

«¿Algún tiempo hospedada aquí?», me pregunté en en silencio.

—¿Y no tiene auto?

—No, llegó en autobús.

—¿Pasa un autobús por aquí?

—Si pasa todos los días alrededor de las seis de la tarde.

—¡A las seis! Demonios... Falta todo el día para eso. ¿Y los empleados del hotel?

—¿Qué hay con ellos?

—¿Cómo vienen y se van?

—Vienen y se van en el autobús...

—¿Y qué tan lejos está el pueblo de aquí?

—A unos sesenta kilómetros.

—¡¡¡Maldita sea!!!

La rubia volvió a dar un brinco hacia atrás y levantó las tijeras.

Esta vez la ignoré, traté de calmarme y pensar, caminé y miré por la ventana.

—¿No podríamos llamar a alguien en el pueblo?

La rubia frunció el ceño.

—Señor Sinclair, no tenemos teléfono en el hotel.

—Pero en mi habitación hay uno.

—Ah sí..., pero sólo es parte de la decoración.

—¿Quién carajos tiene un teléfono sólo de decoración? —dije sin esperar respuesta. Di algunos pasos en la habitación, miré por la ventana y dije:

—Pues parece que tendré que esperar. ¿Podría al menos abrir esta puerta?

La muchacha bajó las tijeras y lo miró desconcertada.

—¿Abrir la puerta?

—Si, abrir esta puerta —dije señalándola con las dos palmas abiertas.

Señor Sinclair, la puerta siempre está abierta.

La rubia dejó las tijeras en la barra y caminó hasta la puerta y jaló la manija. La puerta se abrió casi con pereza, dejando que la claridad del día alumbraba la penumbra de la recepción.

Will

No lo podía comprender, estaba seguro de que había jalado y empujado de mil maneras la maldita puerta, balbuceé un "gracias" o un "perdón" y salí del hotel. El resplandor del sol me cegó por un momento, arrastré los pies cubriéndome el rosto con las manos hasta que mis ojos se acostumbraron a la claridad. Hacía bastante calor. Una brisa ligera levantaba el polvo. Caminé hacia el Mustang y miré hacia ambos lados de la carretera, verdaderamente el hotel estaba en medio de la nada, el camino era una línea gris vacía e infinita que se perdía en dos horizontes rematados por dos colinas. Suspiré y me di un par de coscorrones en la cabeza, dejar el automóvil tan expuesto había sido un tremendo error. Era una suerte que Nahuaco y Sogas no pasaran por ahí, porque de haberlo hecho, ya estaría muerto, tan muerto como Will o Raquel.

Me acerqué a mi caballo negro. Se veía fatal, estaba sucio y tenía varios impactos de bala en la parte trasera. Abrí la puerta, puse la palanca en neutral y lo empujé detrás de un garaje que había al costado izquierdo del hotel. Sólo lo moví unos cincuenta metros, pero terminé empapado en sudor. Regresé hasta el punto inicial y borré las marcas en el piso lo mejor que pude, luego caminé otra vez hacia la carretera y volví a mirar en ambas direcciones. No había nadie, sólo la línea gris que parecía partir el desierto por la mitad.

Fui hacia el garaje a inspeccionar si no había algo de gasolina escondida, la rubia no me parecía del todo de fiar, así que lo mejor era cerciorarme. Levanté la puerta metálica. No era un garaje muy amplio, pero tenía el espacio suficiente para unos cuatro autos. Adentro sólo había dos Mercedes Benz, uno azul y otro color crema. No soy experto, pero debían ser de los sesenta. El azul, era de un tono claro, tenía cuatro puertas y una forma cuadrada. Una parrilla rectangular de esquinas ovaladas y faros grandes y redondos. El símbolo de la estrella de tres puntas estaba un poco oxidado. Cuando pasé la mano por el cofre y acaricié el símbolo recordé las palabras de Will horas antes del atraco.

Estábamos tumbados en los sillones de nuestra habitación. Habíamos elegido aquel hotel ruinoso y maloliente por su ubicación, desde una pequeña ventana podíamos observar con discreción todos los movimientos que se hacían en el edificio de Antoinne Miller.

Yo fumaba un cigarrillo mientras hacía mi ronda de vigilancia y Will mataba el tiempo, mientras hojeaba una revista de automóviles.

—¿Sabes el significado de la estrella de Mercedes?

—No, no lo sé y realmente no me importa.

—La estrella significa la capacidad que tienen sus motores de recorrer el cielo, el mar y la tierra. ¿Fascinante no?

Sentí que los pulmones en el pecho se me estrujaban. Desde el atraco no me había permitido sentir nada, pero en ese momento, parado frente al viejo mercedes, la culpa me golpeó con inclemencia. Esa había sido nuestra última conversación, algunas horas después yo estaría huyendo hacia el desierto sin mi amigo. Todo había sido tan rápido. El pobre de Will no se había dado cuenta, cuando ya estaba muerto. Reviví en un instante los disparos, los zumbidos de las balas rozándome el cuerpo, los vidrios quebrándose y la imagen del rostro de Will con sus ojos abiertos y perdidos mientras un charco de sangre se formaba debajo de su cabeza.

—¡Maldita sea Will, no los vimos venir! —dije mientras golpeaba con el puño el cofre del Mercedes azul.

—Lo teníamos todo planeado, aun no puedo entender qué salió mal.

Pensé en el sobre de cuero que tenía en la entrepierna y me pregunté si toda esta fortuna valía lo que había costado.

Rodeé el Mercedes azul y caminé hacia el otro, el de color crema. Era más antiguo y estaba lleno de polvo. Limpié con la mano la ventana del conductor para mirar en su interior. A pesar de lo sucio que estaba por fuera, por adentro parecía impecable. Todas las piezas, las vestiduras y los forros estaban en perfecto estado. Traté de abrir la puerta, pero los dos autos estaban cerrados. También chequé los depósitos de gasolina, pero nada, los tanques estaban vacíos.

Salí del garaje y me alejé unos cuantos pasos para tener una mejor perspectiva del hotel. Fuera de la fachada principal, sólo se veía una barda de unos cuatro metros de altura y de unos setenta de fondo que no permitía ver el interior. Realmente, no era un lugar muy grande, aunque por dentro daba la impresión de ser mucho más amplio.

Cruzando la carretera estaban las ruinas de la iglesia y una campana que tintineaba con el viento. Toda la escena era un retrato del abandono. Caminé sobre la carretera para cerciorarme de que, si alguien pasaba por ahí, no le fuera posible ver al Mustang y una vez que tuve la certeza, regresé al hotel.

La campana de la iglesia seguía tintineando a mis espaldas como si quisiera llamar mi atención, pero la ignoré, seguí mi camino y descubrí que una silueta me observaba detrás de la ventana junto a la puerta, pero casi de inmediato, desapareció. Cuando llegué, noté que la puerta estaba ligeramente abierta y un segundo antes de entrar volví a escuchar la campana, en verdad parecía llamarme, en ese momento sentí el mismo estremecimiento que me había desconcertado la noche anterior, esa sensación angustiante de estar dando un paso hacia un abismo hermosamente decorado.

Detrás de la ventana

MERCEDES OBSERVABA a Damián por la ventana junto a la puerta. Había algo en él que le atraía y que a la vez le partía el corazón. Era su mirada, había detrás de ese semblante recio y rebelde una profunda tristeza, un aura brillante pero rota por la que escapaban ramalazos de nostalgia, lo podía percibir, era fascinante.

Sabía que aún podía marcharse, si caminaba todo el día lo lograría, pero si Damián se marchaba, ella se perdería de todas esas tragedias que quería hacer suyas. Esa avaricia era su pecado y a vez la razón de su existencia. Al final, ¿quién era ella para negar su propia naturaleza? deseaba que se quedara, era un pensamiento egoísta, pero así funcionaban las cosas en aquél lugar. Los deseos cobraban fuerza, se multiplicaban de formas inesperadas y le daban vida a todo lo demás. En los largos años que había sido parte del espejo negro jamás había hecho una excepción, pero esta vez, esa melancolía la hizo dudar, quizá privar al hotel de este capricho sería un nuevo camino, quizá hasta una forma de liberarse, si... quizá las cosas podían ser diferentes, sería un nuevo camino.

En un impulso decidió que se lo diría, decidió que le advertiría. Puso la mano en la manija y la giró, pero en el momento en que los goznes de la puerta comenzaron a rechinar sintió una presencia a sus espaldas. Mercedes volteó, el hombre del impermeable estaba parado en la puerta de la recepción, era tan alto que su capucha rozaba el marco superior, la miraba fijamente con esos ojos grises e inexpresivos.

—¿Qué piensas hacer? —Le dijo el hombre.

Mercedes bajó la mirada, en su rostro se dibujó un gesto grave.

—Quizá él debería irse... —dijo sin mirarlo.

El hombre del impermeable se quedó en silencio recargado en su azadón mirándola. Después de un momento contestó parcamente:

—Ya es demasiado tarde.

El sujeto dio media vuelta y regresó al jardín.

Mercedes miró otra vez por la ventana, Damián venía de regreso, sabía que el guardián tenía razón, ya era demasiado tarde y en el fondo si era sincera, quería que se quedara, que se quedara con ella para siempre.

Un paseo

La recepción estaba otra vez vacía, sentí un aroma dulce y amaderado a patchouli pero por más que busqué no encontré a la rubia, así que caminé hacia el patio, no había otra cosa que hacer hasta las seis de la tarde más que deambular por el hotel. Me seguía pareciendo un misterio que un lugar tan hermoso estuviera perdido en medio de la nada. Desde el centro del patio recorrí el lugar con la mirada, esta vez sin desesperación y poniendo más atención en los detalles. El patio principal no era realmente cuadrado, tenía proporciones asimétricas, era más ancho en la parte trasera, como un trapecio. Si miraba de frente a la recepción, a la derecha, había un pasillo que conducía a una fila de pequeñas habitaciones que parecían los cuartos de los empleados, frente a las cinco o seis habitaciones de servicio había una pared cubierta por decenas de jaulas de pájaros de distintos colores, todas vacías y con las rejillas abiertas. luego estaba la biblioteca sobria y solo reconocible por un letrero de madera con letras pintadas de color blanco. A mis espaldas. Hacia atrás, el patio se extendía y remataba en una pared tan alta como los muros de la biblioteca, pero el doble de larga. A la izquierda estaba un edificio de dos pisos. Desde donde me encontraba se podía ver en el segundo nivel un corredor y tres puertas, dos de tamaño regular y una bastante grande al centro. Ese mismo corredor flanqueaba el edificio hacia la derecha y seguía hasta otro salón que se ubicaba arriba de la recepción y el bar.

Suspiré, podía intuir que por hermoso que fuera el hotel, las siguientes horas iba a ser las más largas de mi vida. Mi primera opción era ir al bar, sentarme y beber hasta que dieran las seis, pero no podía darme el lujo de ponerme borracho cuando dos tipos como Nahuaco y Sogas me estaban buscando. Sobrio, podría volverlos a burlar, incluso de ser necesario emboscarlos y ponerle fin a la persecución, pero el alcohol y yo tenemos una relación complicada, de pronto nos ignoramos durante semanas, incluso meses, pero hay ciertos días, días justo como ese, en que algo nos atrae y nos provoca perdernos cualquier tipo de respeto, por eso, desistí de mi visita a la "Cantina el infiernito" y preferí pasearme por el patio.

Fui hasta la fuente de las sirenas y me quedé un rato observándola. Era como todo el hotel, de un gusto exótico, a primera vista llamaba la atención que los chorros de agua salieran de los senos de las sirenas y que cayeran directo a la boca de varios peces, pero si observaba con mayor detenimiento los rostros de las sirenas eran inquietantes, parecían mirar a los peces con temor. Estaban apretujadas las unas con las otras, como si estuvieran aprisionadas por la voracidad de aquellas enormes fauces. Dejé de mirar a las sirenas y puse atención en los peces, eran grandes, casi del tamaño de las sirenas. Tenían escamas puntiagudas, aletas espinosas y los ojos saltones, pero lo más extraño era que dentro de sus bocas había cabezas de hombres que bebían ávidamente del líquido que caía en sus bocas. Me alejé unos pasos y miré el resto del jardín, los arbustos podados en forma de animales eran presas o depredadores, sonreían con lujuria, comían con gula, se miraban con vanidad en espejos de agua, amenazaban con ira, reposaban en la más absoluta pereza, abrazaban flores con avaricia, mientras otras trataban de arrebatarlas con envidia. Todo el patio estaba lleno de objetos que a simple vista parecían elementos decorativos, pero que si se miraban con atención revelaban una escena perturbadora. No soy un tipo muy fácil de impresionar, la verdad es que me encogí de hombros y pensé que el dueño del hotel debía estar jodidamente loco.

Pensé en visitar la biblioteca, pero antes quería darme una vuelta por la planta alta. Recordé que el acceso estaba restringido, pero ¿qué iban a hacer?

¿Regañarme? ¿Echarme del lugar? Reí para mis adentros imaginando a la rubia de la recepción vestida de maestra con una regla en las manos diciéndome: «Se ha portado muy mal señor Sinclair... ahora tendré que castigarlo.»

Llegué hasta la escalera que conducía al segundo piso y salté la cadenita con el letrero de "Prohibido el paso". Mientras subía las escaleras, volví a reír, desde que era niño disfrutaba meterme en lugares prohibidos. La alacena de mi abuela, el cuarto de objetos perdidos de la primaria, el baño de señoritas en la secundaria, las oficinas de mis maestros en la preparatoria, el almacén de bar que me dio mi primer empleo y claro, la caja fuerte del Antoinne Miller.

La escalera llegaba hasta un rellano bastante amplio en cuya pared frontal había otro mural, luego la escalera continuaba hacia la derecha hasta el segundo piso. Me detuve un momento a ver este nuevo mural y confirmé que detrás de la primera apariencia, la decoración del hotel siempre escondía algo torcido.

La imagen en el mural parecía una procesión religiosa: hombres vestidos con túnicas negras, capuchas y máscaras de calaveras, caminaban en fila hacia un altar cada uno llevaba una daga larga y afilada entre las manos. A la cabeza de la procesión estaba el líder que volteaba hacia sus compañeros y señalaba con un dedo ensangrentado hacia el altar. Seguí con la mirada la señal y en lo que parecía un pequeño pedestal, había un extraño ser parecido a un mono, tenía la cabeza descarnada, estaba encogido en cuclillas y sostenía un objeto frente a su pecho parecido a un plato o un espejo de color negro. Traté de interpretar la escena, pero nada me hacía sentido. Era la representación de algún tipo de ritual en el que trataban de asesinar a esa extraña bestia. Me acerqué para mirar más de cerca al monstruo, tenía el cuerpo lleno de cicatrices, como si hubiera sido acuchillado una y otra vez, pero siguiera con vida.

La escena se desarrollaba en un salón penumbroso, sin ventanas. Había varias columnas con antorchas encendidas, pero detrás de una de ellas había una silueta que observaba desde las sombras. Había algo que me resultaba familiar de aquel espía, pero antes de poder descubrirlo una voz gruesa y áspera me hizo saltar del susto.

—Usted no puede estar aquí.

La voz llegó tan repentina que ni siquiera intenté coger mi revólver. Me quedé paralizado. Miré hacia atrás y me encontré con el tipo del impermeable que señalaba las escaleras hacia abajo. Era mucho más alto de lo que pensaba, sobre la piel negra de su cara había decenas de pequeñas verrugas y lunares, usaba una barba blanca y tenía los ojos grises como los de un ciego.

Algo sucedió, algo que no puedo explicar, simplemente obedecí. Pasé a su costado sin levantar la mirada y descendí hasta la planta baja. Ya estando abajo, levanté la mirada, quise hablar mas no pude, su mirada era tan profunda y a su vez tan inexpresiva que parecía una estatua viviente, dudé y terminé por caminar hacia mi habitación como un chiquillo regañado.

—Pero ¿qué carajos? —dije en voz alta, haciendo en solitario un gesto de extrañeza.

Nunca me había sentido tan intimidado, de hecho, desde que era un niño siempre había tenido un severo problema con la autoridad. No recuerdo haber huido de alguna pelea, o tolerar un regaño. Esa había sido la razón por la que me habían expulsado de todas las escuelas en las que había estudiado, también por eso había renunciado a todos los trabajos que había conseguido. Por seguir mi propia ley había cometido decenas de travesuras que fueron escalando hasta convertirse en pequeño ilícitos que siguieron creciendo hasta que uno de ellos me llevó por seis largos años a la cárcel.

Todo cambia

DAMIÁN CAMINÓ POR EL PASILLO, rebuscó en sus pantalones y sacó su cajetilla Lucky Strikes, prendió un cigarrillo y le dio una larga fumada. Exhaló el humo y sin que lo notara, los bucles y estelas de humo se revolvieron en el aire formando un rostro que se alargó como si gritara antes de desvanecerse. Siguió avanzando con la cabeza mirando hacia el piso, tratando de comprender su reacción, pero cuando llegó al final del corredor y trató de dar vuelta hacia la izquierda para ir a su habitación rebotó contra un muro aplastando su cigarrillo contra una de sus mejillas.

—Pero ¿qué carajos? —dijo limpiándose a manotazos las brasas de la cara.

Damián se quedó parado atónito mirando a la pared. «Pero aquí había un pasillo», pensó. Se frotó la nuca desconcertado. Dio media vuelta y abrió los ojos sorprendido: el pasillo existía sólo que del lado opuesto.

—Pero ¡en la mañana caminé por aquí! —dijo en voz alta para escuchar su propia voz y de alguna manera confirmar que no estaba soñando.

Con cierta desconfianza avanzó por el corredor que ahora estaba a la derecha. Todo era tal y como lo recordaba, sólo que en el lado opuesto. Llegó al final, abrió la puerta de su habitación y observó: todo seguía igual tal y como lo recordaba, la sala con sillas rojas, la cama con la herrería retorcida, la mesita con la catrina, la puerta del baño, nada había cambiado. De hecho, el servicio ya había pasado, pues la cama estaba hecha y se podía sentir que un aroma cítrico emanaba de los pisos recién trapeados.

Damián cerró la puerta y regresó por el pasillo. Pasó por la habitación seis esperando encontrar a la chica en ropa interior, pero la puerta estaba cerrada. Llegó al final del pasillo y miró hacia atrás. De pronto, todo le pareció normal, ¿sería que se habría confundido? Aquello era demasiado extraño, pero no podía haber otra explicación, los pasillos simplemente no cambian de lugar. Seguramente el cansancio y el estrés habían sido los culpables de la confusión.

Miró su reloj, aún faltaban cinco horas para las seis de la tarde. ¿Qué hacer durante todo ese tiempo? Llegó hasta el patio y en lugar de bordear por los edificios, cruzó por el jardín. La fuente de las sirenas seguía encendida. Siguió un camino que serpenteaba entre macetas en forma de calavera, arriates y plantas podadas en formas de animales hasta que llegó a un edificio que tenía un letrero que decía:

SALÓN DE LOS CATRINES

Estaba a un costado de la biblioteca y no recordaba haberlo visto antes, el nombre le llamó la atención por lo que decidió echar un vistazo. Era una habitación amplia y rectangular, que le recordó a Damián las salas para caballeros de los ingleses, sólo que en lugar de predominar la madera y los colores sobrios, ésta era una apología a los contrastes. Había algunas mesas achaparradas con sillas que tenían labrados ángeles y diablitos en el respaldo. Hacia la izquierda había una barra, hacia la derecha, una mesa de billar, pero el paño era de color azul intenso. Las paredes, en lugar de presumir escopetas y rifles, tenían colgados arcos, lanzas y flechas con puntas de pedernal. En lugar de pieles y cabezas de lobos, jabalís o venados, había cabezas hechas de papel maché de los más extraños alebrijes: un unicornio azul con colmillos y pescados en lugar de orejas; un león con melena de delgadísimas serpientes y ojos de reptil; un águila de seis ojos con cuernos de toro y plumas verdes.

—Lo siento señor Sinclair, pero no tenemos servicio.

Damián se volvió a sobresaltar, esta vez empuñó el revólver detrás de su cinturón, pero sin sacarlo, miró hacia la barra y descubrió detrás del mueble a un hombrecillo, de chaleco rojo y camisa blanca, que le sonreía campechanamente. Damián lo evaluó, era de tez muy blanca, de cara alargada, ojos vivarachos y un bigotillo delgado y delineado, parecía una imitación bastante pobre del actor mexicano Pedro Infante, pero con una cicatriz en forma de estrella a la altura de la sien derecha.

Damián soltó el arma. El hombrecillo seguía sonriendo, parecía un muñeco manipulado por los cables invisibles de un titiritero. Damián pensó que en cualquier momento saltaría sobre la barra y se pondría a bailar con esos movimiento torpes y desarticulados de las marionetas, pero el hombrecillo se quedó ahí, mirando y sonriendo.

—¿Y cuándo abren? —preguntó.

—El salón de los catrines sólo abre los fines de semana.

—Ya veo, y dime ¿mmm...?

—Puede llamarme Max.

De pronto, el hombrecillo estalló en una risilla afónica y chillona parecida a las de las hienas. Damián hizo un gesto de extrañeza, no encontraba dónde estaba la gracia. A lo que el hombrecillo manoteando y haciendo un exagerado esfuerzo por controlarse dijo:

—¿No se da cuenta? Mi nombre y su apellido... —El hombrecillo volvió a estallar en esa risa exasperante.

Enfadado Damián preguntó:

—Disculpa, pero no entiendo que puede tener de gracioso su nombre y mi apellido.

—¿Es que no se da cuenta? Si juntamos mi nombre, Max, y su apellido, Sinclair. Tenemos a Max Sinclair.

Damián torció el cuello tratando de encontrar la gracia en el asunto.

El hombrecillo hizo un gesto de obviedad y dijo:

—Vamos, ¿no se da cuenta? Max Sinclair sería el hijo de Max Demian y Emil Sinclair.

—¿El hijo de dos hombres? —preguntó sin terminar de entender.

—¡Sí!, ¡sí! —dijo volviendo a reír.

La situación estaba enervando a Damián, pero parecía que el asunto era verdaderamente simpático para Max.

—Max Sinclair, sería la culminación de las perversiones de Herman Hesse.

—Herman Hesse, ¿el escritor? —preguntó Damián aún sin comprender.

—Ay dios, que risa —dijo tomando aire—. Sí, sí... sería la encarnación mestiza de su superego con su álter ego.

Damián asintió y retrocedió despacio. No cabía duda, el tipo estaba chiflado.

—Ay señor Sinclair, que risa... Me ha causado una alegría como muy pocos huéspedes lo han hecho. De hecho, no recuerdo un espíritu tan optimista como el suyo desde mil novecientos sesenta y nueve. Por favor, no dude en visitar más tarde la cantina, el primer trago va por mi cuenta.

Damián agradeció y se despidió del sonriente cantinero que no le despegaba la mirada ni la sonrisa. Al salir del Salón de los catrines dio media vuelta y dijo entre dientes.

—A las seis le invitas un trago, pero a la loca que te parió...

Jardín secreto

PRENDÍ UN CIGARRILLO y valoré mis opciones; tenía que encontrar otra manera de pasar el tiempo. Regresar a la recepción y buscar a la rubia sería divertido, pero "ricitos de oro" parecía de esas chicas que les gustaba coquetear para luego hacerse las difíciles. Pensé en el extraño mural del segundo piso y por un momento estuve tentado en regresar con Max y preguntarle su significado, pero tan pronto recordé su risilla de hiena y la paranoia de su mirada que de inmediato deseché la idea.

Le di una larga fumada al cigarrillo y miré a la derecha, había un corredor al final del Salón de los catrines que parecía un pasillo de servicio, pues era estrecho, húmedo y sin decoración. Caminé hasta que llegar a un pequeño jardín, al parecer era un jardín secreto.

Era un espacio pequeño con el césped escrupulo-samente podado. A la derecha había unos balcones de unas habitaciones más grandes que la mía, quizá eran algún tipo de suites. En el jardín había siete estelas de piedra cada una rodeada de un surco de flores. Al fondo, había un pedestal de piedra discretamente ado-sado a la pared, en el que había una extraña estatuilla que a la distancia no pude distinguir claramente. En el lado opuesto al pedestal, había una banca solitaria hecha de herrería a la que le daba sombra un Torote que daba la impresión de ser un enorme bonsái. El sitio parecía un lugar para meditar, leer o en mi caso, para fumar.

Me tumbé en la banca para dejar que el tiempo se hiciera viejo. Prendí otro cigarrillo y fumé despacio. Miré las siete estelas, eran piedras talladas de forma irregular, estaban pintadas de blanco y distribuidas por el jardín sin ningún orden aparente. Era una de-coración extraña pero vista en conjunto le daban un toque místico al lugar. Miré mi reloj, eran las tres. «Sólo tres horas más...,» pensé.

El día se me había hecho eterno. De pronto, me vino a la memoria una conversación que sostuve con Will días antes del atraco mientras espiábamos des-de la ventana del hotel para registrar los cambios de guardia en el edificio de Antoinne Miller. Yo me quejé de lo aburrido que resultaba la espera, pero él, en su estilo siempre académico y aleccionador me dijo:

«Mira Damián, el tiempo es otro engaño de la mente, tú pensarías que los días se miden en horas, que las horas en minutos y los minutos en segundos, ¿cierto? Cualquier físico te diría que un segundo es un determinado lapso de tiempo que siempre dura lo mismo y, por lo tanto; un día, un año o un milenio siempre serán exactamente iguales, ¿cierto? Pero yo te puedo asegurar que todo eso es una mentira. El tiempo no es otra cosa que una percepción. Tomemos, por ejemplo, a dos hombres sentados en una estación de tren. El primero está esperando al tren que se llevará a su amada muy lejos y quizá para siempre, el segundo espera a que llegue el tren que lo llevará con su familia después de muchos años sin verlos. El primer hombre, como es natural, quiere que el tiempo pase despacio pues le quedan, digamos sesenta minutos junto a su amada, en cambio el segundo quiere que el tiempo pase muy de prisa, pues desea fervientemente regresar a casa. ¿Qué sucede entonces? Pues exactamente lo contrario; para el hombre condenado a perder a su amada, los segundos transcurrirán como un suspiro y para el que lleva diez años esperando ver a su familia, cada segundo se le hará eterno. Por eso yo concluyo que el tiempo es una percepción relativa y cruel. Al segundero de un reloj le tomará exactamente las mismas sesenta vueltas para cumplir una hora, pero la percepción del paso de ese minuto será completamente diferente para cada hombre. Ahí está la clave, en la percepción que tenemos de las cosas.»

Sonreí amargamente. Extrañaba a Will. Muchas veces me había preguntado cómo un hombre como él había terminado siendo mi cómplice. Pero no se necesitaba ser un sabio para conocer la respuesta: al igual que todos, Will quería una mejor vida. Había trabajado durante años para juntar el dinero para poner su propia empresa y nunca era suficiente, la vida siempre ponía nuevos obstáculos, una enfermedad, un choque, un familiar necesitado... No importaba lo que hiciera, había algo que se obstinaba en frenar sus sueños. «Sólo los ricos pueden realmente disfrutar de la vida y yo planeó ser un hombre muy muy rico después de esto», me había dicho el día que había aceptado participar en el plan que Raquel y yo le habíamos planteado.

Terminé el cigarrillo y prendí al hilo el siguiente. Estaba nervioso, me dieron ganas de brindar por Will, volví a sentir el cuero del sobre contra mi entrepierna y pasé la mano por encima. Hasta ese momento no había pensado qué haría con la parte del botín que le correspondía a mi compañero, al igual que yo, Will estaba solo, acababa de perder a su madre hace algunos meses y por lo que me había dicho no tenía hermanos. Volví a fumar y negué cansinamente, ya pensaría en eso más tarde.

Le di una última fumada al cigarro, retuve el humo por un momento y luego exhalé una nube espesa y sin forma que flotó perezosamente hacia una de las estelas. La nubecilla gris formó de pronto un delgado remolino que rodeó la estela de piedra y luego serpenteó en el pasto hasta enroscarse en otra estela para después desvanecerse a un costado del pedestal.

En el hotel pasaban cosas extrañas, para entonces era más que evidente, pero no tenía tiempo ni ganas de averiguar si aquello había sido producto de pequeñas corrientes de aire que circulaban sobre el pasto o si por un momento el humo había cobrado vida. Me encogí de hombros y volví a fumar, de pronto sentí una enorme pereza, el cuerpo y los párpados me pesaban. La sombra del Torote atenuaba los rayos del sol dejándolos pasar entre su follaje como caricias tibias y reconfortantes. Respiré y sentí la fragancia de las flores, poco a poco, los músculos de mi cuerpo que durante semanas habían estado tensos, se relajaron . Pensé en lo bien que me caería una siesta en ese jardín secreto y perezoso, me acomodé en la banca y cerré los ojos por un instante. Volví a respirar profundamente confiado en que la pastilla que me había tomado en la mañana me protegería de cualquier pesadilla. ¿Qué podía haber de malo en descansar unos minutos? Solo unos minutos... Ya después volvería a la carga, a la tensión, a mirar sobre el hombro, a desconfiar y de ser necesario, a disparar.

Abrí los ojos con desgano y miré el reloj para cerciorarme del tiempo que me quedada, pero en el momento que miré las manecillas, el corazón me dio un tumbo en el pecho. Me tallé los ojos y volví a mirar: eran cinco para las seis ¡No era posible! Pero ¡Aquello era imposible, si justo me había sentado y fumado un cigarrillo. El reloj debía de estar descompuesto, pero me estremecí al pensar que si un reloj deja de funcionar se detiene o se retrasa, pero nunca se adelanta.

Me levanté de la banca de un salto que me provocó un ligero mareo, traté de razonar, quizá la visión del humo serpenteante había sido un sueño y sin haberme dado cuenta me había quedado dormido. Algo estaba mal, algo estaba muy mal... sentí un escalofrío que me recorría de la cabeza a los pies, mientras recordaba la voz de Raquel en mis pesadillas:. Tenía que pararme y correr.

Sálvate tú mi amor, recuerda... Yo ya estoy muerta.

Las seis

CAMINÉ DANDO LARGAS ZANCADAS todavía luchando contra el aletargamiento, atravesé el estrecho corredor y rodeé el patio pasando a un costado del Salón de los catrines, de la biblioteca, el pasillo de las habitaciones de servicio, hasta que llegué a la recepción.

No había rastros de la rubia. Miré por la ventana y observé que a la distancia un pequeño punto gris se hacía cada vez más grande sobre la larga recta de asfalto. Sonreí, «la libertad viene en camino». Saqué de mi cartera cinco billetes de cien dólares, eso pagaría mi estancia y cubriría los gastos ocasionados por cualquier molestia que el Mustang pudiera ocasionar, si es que alguna vez regresaba por él. Miré otra vez por la ventana. Un camión viejo y gris se estacionó al otro la de la calle haciendo un chirrido metálico al frenar. Caminé hacia la puerta y recordé lo que me había pasado en la mañana, sonreí antes de antes de jalar la puerta, pero la sonrisa se me borró casi al instante. Primero jalé la puerta con suavidad, luego con más fuerza y después frenéticamente: la puerta no se movía. Golpeé desesperadamente la ventana para llamar la atención del chofer del autobús, pero el hombre de bigotes delgados y lentes de sol, ni siquiera volteó hacia el hotel, parecía tararear alguna canción. Regresé a la puerta y la volví a jalar y empujar, giré la manija de todas las formas que se me ocurrieron, luego le di empujones con el hombro, los primeros suaves, los últimos con todas mis fuerzas, pero como la primera vez que había intentado salir, la madera crujía sin poder abrirla. Volví a asomarme por la ventana para tratar de llamar la atención del chofer. Agité las manos y volví a golpear la ventana, incluso pensé en romperla, aunque nada ganaría pues estaba protegida con herrería. Vi que el chofer se despedía de algún pasajero y por enfrente del camión, apareció un hombre de camisa color guinda que también se despedía haciendo exagerados ademanes con las manos. El motor del armatoste se volvió a encender cascabeleando y sacando una nube de humo negro por el escape. Como un animal encerrado, agité la puerta, la pateé y la volví a embestir. En un acto de desesperación saqué el revólver y apunté hacia al cerrojo. Escuchaba mi respiración agitada, mi frustración me sofocaba.

—¡Maldita sea! —grité, mientras volvía a guardar la pistola.

Sabía que un disparo lo empeoraría todo.

Regresé a la ventana y vi que el hombre de la camisa guinda se acercaba, estaba a unos diez pasos de la puerta. Desde el camión se escuchó el sonido carrasposo del embrague. El tipo de la camisa avanzaba sin prisa, estaba sólo a un par de pasos de la puerta. El camión comenzó a avanzar. Esperé mirando fijamente el cerrojo. La puerta rechinó y un minúsculo rayo de luz entró a la habitación. Eso bastó para que abriera la puerta de un jalón y embistiera al sujeto que entraba al hotel.

Corrí gritando y agitando las manos.

—¡Deténgase! ¡Hey! ¡Camión! ¡Aquí!

Chiflé metiéndome los dedos a la boca, pero el camión no se detuvo. Corrí, volví a chiflar, pero poco a poco el autobús fue haciéndose pequeño hasta que el desierto se lo tragó.

—¡Mierda! ¡Mierda! ¡Mieeerrda! —grité ahogado en frustración.

Me quedé parado recuperando el aliento y de pronto sentí que el desierto se burlaba de mí, era como si decenas de ojillos invisibles me miraran curiosos y divertidos. El viento que agitó el polvo y movió los arbustos parecía esconder risillas y cuchicheos. Por un instante me pareció que aquel páramo rebosara de una vida oculta y maliciosa que se divertía a mis expensas.

Miré hacia el hotel. El tipo de la camisa guinda se había levantado del piso, me miró con reproche y entró dejando la puerta abierta. Yo maldije con todas mis fuerzas pues no tenía más remedio que caminar de vuelta.

El infiernito

REGRESÉ AL CORREDOR FRENTE al jardín central y comencé a dar vueltas, maldecía y tenía ganas de descargar mi furia contra lo primero que se cruzara en mi camino. Pocas veces me había sentido tan furioso, en la boca tenía el sabor amargo de la bilis y mis puños temblaban de impotencia.

En ese estado era un tipo peligroso. Lo sabía y temía perder el control. De joven solía tener episodios de ira, pero nada parecido a los arranques de rabia que me habían atacado desde que mataron a Raquel.

Esculqué entre mis pantalones y encontré el pequeño tubo naranja que tenía mis pastillas. Lo destapé y tomé una. Debía tragar la pastilla, pero la volví masticar y de inmediato su horrible sabor me llenó la boca. Era casi insoportable, pero seguí masticando como si la amargura fuera un castigo liberador. Caminé hasta una banca y me tumbé esperando que el resabio pasara y que la medicina hiciera efecto. Cuando al fin me tranquilicé, me puse de pie y respiré profundamente. No había más opción, tenía que pasar una noche más en el hotel o caminar sesenta kilómetros por el desierto. Prendí otro cigarrillo traté de fumar con calma. ¿Una noche más o caminar? ¿Qué era más peligroso? En el hotel al menos podría esconderme y emboscar a los sicarios si llegaban a aparecer, en cambio en el desierto, sería un blanco fácil, sin olvidar tendría que caminar en completa oscuridad entre escorpiones, tarántulas y serpientes de cascabel. Fumé, suspiré profundamente y decidí que me quedaría una noche más en el hotel.

Escuché a un costado de la recepción una suave música y recordé que el hombrecillo en el salón de los catrines me había dicho que la cantina estaría abierta. Dudé si debía tomarme un par de tragos a sabiendas que los matones de Miller me estaban buscando, pero ¿qué sentido tendría todo aquello sin un poco de riesgo? Al final, ¿qué tenía que perder? ¿El dinero? ¿La vida? Reí amargamente, si seguía vivo y si me obstinaba en salir de aquel hotel, era para concluir mi venganza.

Me detuve antes de entrar, la puerta era grande y tenía un letrero pintado a mano que decía: "Cantina el Infiernito", estaba hecha de madera labrada en la que se representaba una fiesta en la que calaveras vestidas con sombreros, jorongos y huaraches, bailaban y bebían de grandes garrafas. La manija era aún más peculiar, tenía la forma de serpiente con ojos saltones que al girarla, quedó boca arriba con una extraña y torcida sonrisa.

El bar era una habitación amplia y alargada. Tenía una barra al fondo con el tradicional espejo que multiplicaba la cantidad de botellas exhibidas. Había una decena de mesas y sillas de madera con respaldo de mimbre. La pared que daba hacia la carretera era de color azul con dos ventanales divididos por un muro central en la que había una rockola amarilla. En la pared opuesta, había decenas de artesanías de diablitos negros lidereados por uno de color rojo colocados de tal manera que representaban una bacanal. Algunos bailaban, otros comían o bebían, pero la gran mayoría participaba en una extraña y desarticulada orgía. Caminé hacia la barra y encontré en una de las mesas, de hecho, en la única ocupada, al tipo de la camisa guinda que había embestido acompañado de otro hombre vestido con un chal y unos pantalones ajustados. Cuando me vieron se hablaron al oído y el acompañante hizo una mueca reprobatoria sin despegarme la mirada.

Por un momento pensé en disculparme, pero no supe distinguir si la insistencia de sus miradas eran un reto u otra cosa, por lo que saludé parcamente y seguí hasta sentarme en uno de los bancos de la barra. No tenía miedo de enfrentar a dos hombres, más aún con un revolver a la parte trasera de mi pantalón, pero

hubo algo en sus maneras de mirar que me descon-
certó. Una vez sentado miré de reojo y lo comprendí.
El hombre del chal brindó con una copa de Martini
y el de la camisa guinda lo hizo con una copa de vino
blanco, dejaron sus tragos en la mesa y se tomaron
de la mano. Sonreí para mis adentros, no había nada
que temer, y no porque una pareja de homosexuales
no fuera peligrosa, en mi experiencia podían ser más
temibles que cualquier *macho man*, sino porque me
resultó claro que aquella pareja había ido al hotel a
participar en otro tipo de pelea.

Encontré a Maximiliano, o más bien a Max, en la
barra limpiando vasos, cuando me vio, me dio la bienvenida con sus gestos y ademanes de marioneta. De
reojo noté que había un hombre sentado a mi derecha,
tenía un sombrero ancho y chorreado que le cubría el
rostro. Vestía con un pantalón y camisola de algodón
blanco y un zarape. El tipo no se movía, estaba enroscado sobre un caballito de tequila.

—Señor Sinclair, un gusto tenerlo por aquí.

—¿Qué tal Max?

—¿Qué le apetece tomar esta noche?

—Dame lo mismo que toma el señor —dije apuntando hacia el hombre del sombrero con la cabeza.

—¿Lo mismo que el...? —alcanzó a decir Max
antes de estallar con su risa de hiena.

—¿Qué te causa tanta gracia Max?

Max trató de recomponerse, pero la risa lo volvió a
vencer, señaló al hombre del sombrero para que mira-

ra, yo seguí la seña y lo comprendí, no era un hombre, era un esqueleto vestido a la manera del cliché mexicano que servía de decoración del bar.

—Señor Sinclair, le presento a Abundio Martínez —dijo Max, antes de volver a estallar en risa.

Por lo visto Max no tenía consideración en sus burlas, incluso cuando se trataba de un cliente. Sin duda mi equivocación había sido graciosa, pero la insistente risa del cantinero me estaba enfureciendo. En el momento que me iba a levantar para sujetarlo del moño y sacudirle la puta risa, una voz melosa dijo a mis espaldas.

—*Caro Massimiliano dammi un altro bicchiere di vino bianco per favore.*

—*Certo, Certo, mio caro Fabiano* —respondió Max.

El hombrecillo desapareció de mi vista y salió por el extremo de la barra donde estaba el esqueleto y caminó apresuradamente para servir la copa de vino. Mientras llenaba la copa, noté que Fabiano, o al que yo conocía como el tipo de la camisa guinda, le susurraba algo al oído. Cuando regresó, la mueca burlona había desaparecido del rostro del cantinero, puso frente a mí un caballito y lo llenó de mezcal.

—Aquí tiene señor Sinclair, lo mismo que bebería Abundio Martínez

—Luego agregó: —Le pido me disculpe, pero últimamente tenemos muy pocos huéspedes tan simpáticos como usted.

—¿Tan simpáticos o tan estúpidos...? —respondí con acritud.

—Oh... Por favor discúlpeme, señor Sinclair. Esta noche las bebidas corren por cuenta del hotel. Verá, tengo un problema —dijo visiblemente incómodo, —a veces no mido mis palabras. Créame que lo que menos deseo es enfadarlo, es una condición que tengo. Me resulta difícil controlarme.

Metí la mano a mi pantalón y rosé con los dedos el tubo de plástico. Por supuesto que sabía lo difícil que podía ser controlarse. El resabio amargo de la pastilla que había masticado aún persistía en mi boca.

Hubo un pequeño silencio que a Max le resultó terriblemente incómodo. Se puso a limpiar una y otra vez el mismo vaso, como si ese ritual de cantinero fuera una terapia que lo tranquilizara, pero lejos de calmarlo su ansiedad creció, unas finas gotas de sudor se formaron en su frente y miraba de un lado a otro sin poder fijar su mirada en ninguna parte.

—Vamos Max, no es para tanto —dije para romper el silencio.

Max sonrió aún sin mirarme.

—Cuénteme Max, ¿por qué trabajas aquí? —pregunté tomándome el mezcal de un solo trago.

—Oh, señor Sinclair. Es una larga historia. El hotel es un lugar aislado y discreto, y yo necesitaba un lugar así.

«Así que tú también estás huyendo», pensé.

Volví a echar un vistazo a la decoración: las mesas, la rockola, el esqueleto con el zarape y el sombrero, la pared con la bacanal de diablitos con su líder de color rojo mirando hacia la barra como invitando a los clientes a unirse al desenfreno... Negué con la cabeza y dije:

—Todo este lugar, es un hotel muy...

—¿Hermoso? —me interrumpió.

—Sí... es hermoso, pero bastante excéntrico.

—El Hotel California ostenta una de las colección más grande de artesanía mexicana —dijo recuperando su tono de voz. —La esposa del propietario era una obsesionada de las expresiones plásticas populares. Decía que son verdaderas obras de arte, no sólo artesanías.

—Bueno, pero no puedes negar que es extraño que un hotel tenga la representación de una orgía de diablos en una de sus paredes.

—Es fantástica, ¿verdad? —dijo Max hipnotizado por la pared. —Cada detalle representa el círculo dantesco de la lujuria.

El acompañante de Fabiano se levantó y puso una moneda en la rockola amarilla. Sonó una balada italiana, completamente incongruente con la conversación, la decoración y mi estado de ánimo. Fabiano celebró la música y los dos se pusieron a beber y cantar en su mesa.

Resignado, toqué tres veces con mi dedo índice el caballito de mezcal.

—Oh, claro señor Sinclair —dijo Max mientras lo rellenaba.

—Y, ¿cuántos huéspedes hay en el hotel?

—Además de los habituales, usted es nuestro huésped más reciente.

—¿Habituales?

—Sí, señor Sinclair, muchos de nuestros huéspedes pasan largas temporadas en el hotel. Permítame un momento...

Max salió de la barra a servir ahora un Martini, pero cuando regresó me sonrió y permaneció en silencio.

—Me decía de los cliente habituales...

—Ah sí, nuestros queridos clientes... Y a usted señor Sinclair, ¿qué lo trajo a nuestro hotel?

Su cambió de conversación fue tan burdo que no pude evitar sonreír.

—Bueno, pues pasaba por aquí y me ganó la noche.

—Ya veo, ¿viaje de negocios?

—Podríamos decir que sí.

—Siempre me han intrigado los hombres de negocios, y si me permite preguntar, ¿a qué se dedica usted señor Sinclair?

Tardé un segundo en contestar. Acaricié discretamente mi entrepierna para sentir el sobre de cuero y contesté:

—Me dedico a las operaciones financieras.

—Ah, usted es de esos hombres que compran y venden partes de las empresas.

—Bueno, digamos que soy un intermediario de documentos de alto valor.

—Me parece fascinante que la gente haga tanto dinero con esos trabajos, parece de locos.

—Cualquier puede aprender finanzas Max.

—Alguna vez lo intenté, leí un libro al respecto, pero no comprendí mucho.

—¿Le gusta leer Max?

—Oh, es uno de mis pasatiempos favoritos. Verá señor Sinclair, durante el día no tengo mucho que hacer, así que disfruto de los libros de la biblioteca.

—¿Quiere decir que se la pasa todo el día aquí? ¿No puede salir?

—Ah, claro que puedo salir, todos podemos salir cuando queramos, pero nos gusta el hotel. ¿Quién no podría enamorarse de este lugar? —dijo otra vez paseando la mirada por la pared.

Me tomé el mezcal y pedí otro.

—Dígame Max, ¿la administración es muy estricta con los empleados? Quiero decir, ¿podría acompañarme con un trago? Nunca me ha gustado beber solo.

—Señor Sinclair, yo no sé... no debería...

—Vamos Max, no creo que a ellos les importe —señalé a la pareja que había comenzado a bailar.

Max me miró con una mezcla de nerviosismo y complicidad.

—Realmente no debería —dijo mirando hacia los dos costados —pero la señorita Mercedes nos ha dicho que debemos hacer todo lo que podamos para complacer a los clientes...

«Así que la rubia se llama Mercedes», pensé.

—Bueno, pues ahí lo tiene. Quisiera que usted, don Abundio aquí presente y su servidor, nos tomáramos un mezcal —dije brindando con el esqueleto.

Max sonrió y discretamente sacó otro caballito y sirvió dos mezcales.

—Salud, Max, por el Hotel California.

Chocamos los caballitos de mezcal y vaciamos su contenido de un trago.

—Vamos Max, sirva otra. Sirva también a Abundio.

Max sonrió, rellenó mi caballito, el de Abundio, que estaba vacío y el suyo.

—Dígame Max, ¿quiénes son aquellos huéspedes?

—Oh señor Sinclair, ellos no son huéspedes, son los amigos de la señorita Mercedes; Fabiano y Raúl. Son unos verdaderos artistas.

—Ah, pues digamos salud a nuestros amigos los artistas, ¡Salud allá atrás! —dije en voz alta.

La pareja levantó sus copas y brindaron con nosotros.

—¡Una más por favor! —dije azotando el caballito de sobre la barra.

Sentía la euforia que provoca el alcohol que me subía desde el estómago hasta la cabeza. Esperé a que Max rellenara los caballitos y antes de tomar pregunté:

—Y, dígame Max, ¿cuál es la historia de este maravilloso lugar?

Un hotel en el desierto

YO QUERÍA SABER MÁS, me intrigaba saber a quién se le había ocurrido la idea de construir un hotel de lujo en medio de la nada, también quería saber cómo funcionaba, quiénes trabajaban ahí y por qué lo hacían. Había sido fácil percatarme que Max era un tipo que le gustaba hablar y si lograba relajarlo, sabía que podía sacarle mucha información. En un principio supuse que el cantinero pondría resistencia para tomarse un trago conmigo, pero desde el momento en que noté que seguía con la mirada cada trago que servía, supe que sólo tendría que ser insistente.

Cuando le pedí que me contara la historia del hotel, el cantinero endureció el rostro y quiso cambiar nuevamente la conversación, pero esta vez yo sabía que todo era parte de una interpretación y que en el fondo el cantinero estaba más que deseoso de contar sus historias.

No tuve que insistir mucho. Cuando noté que el cantinero dudaba, de inmediato repuse:

—No te preocupes Max, si no sabes la historia no hay problema, se la preguntaré más tarde a Mercedes.

—Mercedes no le contará la historia.

—¿Ah, no? ¿Por qué?

—Bueno, Mercedes cuida a todos los que somos parte del hotel.

«¿Cuida a todos los que somos parte del hotel?», repetí en silencio. Era una respuesta ambigua que nada tenía que ver con la historia del lugar, pero no quise perder el hilo de la conversación por lo que dije:

—Bueno Max, no puedes culparme por querer saber más de este lugar, es extraordinario.

—Sí lo es señor Sinclair, mucho más de lo que se imagina.

El cantinero miró de reojo a Raúl y Fabiano, como cerciorándose de que no lo pudieran escuchar y me dijo en voz baja:

—El hotel está vivo.

Lo miré desconcertado y luego de un par de segundos contesté:

—Claro que está vivo. Está en maravillosas condiciones —dije señalando con el dedo algunos detalles de la decoración.

Max volvió a reír con su desesperante risa de hiena y dijo:

—Señor Sinclair no lo digo en un sentido metafórico, el lugar está vivo.

—Vamos Max, no trates de tomarme el pelo.

—No lo hago señor Sinclair.

—Okey, el hotel está vivo... ¿te refieres a que puedo hablar con él y acariciarlo?

—Ahora es usted quien se burla de mi señor Sinclair.

Reí.

—En absoluto. Pero por qué no me explicas mejor eso de que el hotel está vivo, entenderás que es un concepto bastante extraño.

—Realmente pocos lo entienden. Siempre queremos entender la vida según nuestra experiencia.

—Okey, eso es profundo y yo lo que realmente quería saber es...

—¿Qué hace un hotel como éste en medio del desierto?

—Lo vez Max, la pregunta es obvia.

Max rellenó los dos caballitos de mezcal. En su rostro se dibujó una sonrisa casi imperceptible.

—Éste es un lugar muy viejo y no siempre fue un hotel. Sabemos muy poco de la construcción original, sólo que era una misión jesuita para evangelizar a los indios de esta región. De hecho, seguramente notó al llegar el casco en ruinas de la iglesia.

Asentí con la cabeza.

—Pues bueno, la campana que tintinea cuando hay viento es la original, dicen que la misión se construyó hace unos cuatrocientos años. Pero no tenemos muchos registros de lo que sucedió, sólo que hace unos setenta años, un emprendedor siguiendo las voces de un sueño vino con su familia a levantar las ruinas de un monasterio para convertirlo en un hotel. Todo el mundo lo tachaba de loco.

—Bueno Max, un hombre con una nueva idea es un loco hasta que triunfa.

—¡Ah, Mark Twain!

Yo no sabía si Mark Twain había dicho esa frase, la había aprendido porque era una de las citas favoritas de Will.

—No dejas de sorprenderme Max, eres una biblioteca.

Max sonrió ampliamente y se tomó su mezcal, y yo para hacer crecer la empatía hice lo mismo.

—Bueno, el caso es que el señor Huang llegó con su familia, su esposa y sus siete hijas para establecerse en este lugar, lejos de todo y de todos. Las personas que trabajaron en la remodelación contaban que el señor Huang estaba completamente comprometido con la obra. Trabaja con carpinteros, plomeros, albañiles y electricistas de sol a sol y muchos días seguía trabajando hasta altas horas la noche mientras todos estaban descansando.

—El hotel abrió sus puertas dos años después. El señor Huang se había acabado todo su dinero. Cuentan que el día que abrió, ya no le quedaba dinero ni para ir al pueblo a cargar gasolina. Pero el hotel fue un éxito. Pronto comenzaron a llegar al lugar artistas y políticos buscando un lugar hermoso y discreto en el que pudieran pasar una temporada sin ser molestados.

Todo iba de maravilla, hasta que una noche. Una de las siete hijas del señor Huang desapareció. Toda la familia, empleados y hasta huéspedes estuvieron buscándola, pero nunca la encontraron.

El impacto fue terrible, la policía local llegó a la conclusión de que un animal del desierto, quizá un lobo o un puma, la pudo haber atacado mientras jugaba en el casco de la iglesia. Desde ese día el señor Huang no volvió a ser el mismo. Comenzó a descuidar su aspecto y su higiene. El que había sido un hombre, pulcro y atento, se convirtió en un hombre malhumorado, de cabello y barba desalineada y aspecto abandonado.

Pero la tormenta para la familia Huang apenas comenzaba. A los pocos meses, otra de sus hijas sufrió un accidente justo a las afueras del hotel. Un camión perdió el control y la atropelló. Dicen que el chofer se suicidó por el remordimiento y que la niña agonizó durante días, no paró de delirar y decir cosas sin sentido, hablaba de un monstruo, más bien de una bestia que rondaba los corredores del hotel. A los pocos días, la fiebre y el malestar la consumieron hasta que su pequeño cuerpo no resistió.

El señor Huang estaba desconsolado, trataba de reponerse, pero la tristeza lo sometía. Casi no comía, fumaba dos cajetillas de cigarrillos al día y prácticamente no dormía.

Pero el hotel todavía no había terminado con la familia Huang, parecía como si una maldición rondara entre sus paredes, pues en menos de un año otras tres hijas de la familia Huang perdieron la vida. Una murió atragantada, otra resbaló de las escaleras y se desnucó, y la última se quedó dormida y nunca más despertó.

El hotel había vuelto a ser una ruina, las supersticiones proliferaban, no había quien quisiera trabajar ahí y, en consecuencia, los clientes se fueron. Nadie fue al hotel durante semanas, cuando al fin la policía dio un rondín de vigilancia, encontraron la puerta principal abierta y un hedor insoportable que venía desde adentro.

Dicen que los policías tuvieron que medicarse durante muchos años para poder quitarse de la cabeza la escena que presenciaron. En el patio central, en el lugar que hoy ocupa la fuente de las sirenas, encontraron los restos de la esposa y las dos hijas que quedaban. Estaban amarradas y parcialmente devoradas por animales carroñeros e insectos. Buscaron al señor Huang, pero no había rastro del él. Uno de los policías subió al segundo piso y cuando entró en la habitación principal, lo encontró aún con vida. Estaba en el centro del salón, hincado en medio de un charco de sangre, tenía un cuchillo de cocina clavado en el pecho y repetía en un hilo de voz:

—Matar la bestia, matar la bestia...

No hubo manera de salvarlo, ni de averiguar lo que sucedió. Las autopsias revelaron que la señora Huang y las hijas habían sido también acuchilladas, pero resultaba inaudito pensar que el propio padre, tan consternado por las muertes de sus hijas, hubiera enloquecido y asesinado al resto de su familia antes de enterrarse el mismo cuchillo varias veces en el estómago.

Me quedé en silencio, mirando al cantinero.

—Vaya Max, ya entiendo por qué son tan reservados, una historia así sería pésima propaganda para el hotel.

—Todo lo contrario, señor Sinclair —dijo Max excitado, como si narrar la historia le causara un intenso placer.

—El hotel estuvo en boca de todos. Una nueva oleada de visitantes quería hospedarse en el lugar donde había sucedido la tragedia. Las noticias corrieron pronto y llegaron a oídos de un inversionista norteamericano, quien, junto a su esposa, una mexicana, vieron la oportunidad y decidieron comprar la propiedad. El señor Huang no había dejado testamento, pero bastaron unos cuantos billetes repartidos por aquí y otros cuantos por allá, para que el señor Miller se apropiara del hotel.

Yo que acababa de darle un trago a mi mezcal, me quedé congelado, tragué el alcohol y pregunté con cautela.

—¿Miller? Te refieres a Antoinne Miller.

—Sí, el mismo, señor Sinclair, ¿conoce al señor Miller?

Todos mis sentidos se pusieron en alerta. De pronto, sentí desconfianza de las risas de Raúl y Fabiano. Las preguntas de Max me parecieron demasiado curiosas, incluso las miradas de los demonios en la pared se sintieron demasiado inquisitivas.

Sabía que estaba en desventaja, pero tenía que averiguar exactamente dónde estaba parado. El atraco había sido hace dos días y era posible que los empleados del hotel aún no supieran nada, Antoinne Miller tenía decenas de negocios y cientos de empleados.

Antes de responder, miré fijamente a Max tratando de descubrir algún destello, alguna mueca que lo delatara, pero el cantinero tenía los ojos vidriosos y ligeramente entrecerrados con una sonrisa ebria de media luna que le iba de oreja a oreja.

—¿Estás bromeando Max? ¿Quién no conoce a Antoinne Miller? —respondí lo suficientemente fuerte, para que Fabiano y Raúl pudieran escucharme. Eché un vistazo por encima del hombro para ver su reacción, pero la pareja no se inmutó, siguió cantando y bebiendo en pleno coqueteo.

—Sí, es un hombre admirable, él reinventó este lugar. Invirtió muchos millones para dejarlo perfecto. Cada rincón, cada pasillo y habitación es una apología a la cultura mexicana.

—Vaya, había escuchado muchas cosas de Antoinne Miller, pero no sabía que fuera un curador, es cierto el lugar parece un museo.

—Él no, su esposa, Juana Ontiveros de Mendoza. Era una mujer espléndida, tan hermosa como María Félix y orgullosa como Frida.

—Nunca oí hablar de ella... —dije mientras tomaba la botella de mezcal y servía otros dos tragos.

—Dicen que fue el primer y único amor del señor Miller. A Doña Juana le había obsesionado el hotel. Se la pasaba de viaje consiguiendo piezas artesanales para decorarlo. Pero en uno de esos viajes, dicen que, por las sierras de Oaxaca, la avioneta que la llevaba falló y ella perdió la vida.

—Vaya...

—Sí, dicen que la muerte de doña Juana enloqueció al señor Miller, lo hizo un hombre frío y opaco. También se obsesionó por el hotel. Gastó aún más millones en su decoración. Tenía la idea de que el espíritu de Juana se había quedado prendado de sus paredes y quería darle el hogar más hermoso para la eternidad.

—¿Quieres decir que el hotel es cementerio?

—Más bien un mausoleo, ya lo ve señor Sinclair, la estética encuentra las formas más incomprensibles, incluso en la oscuridad.

—Max, me sorprendes todo el tiempo, ¿esa frase es tuya?

—Oh, no señor Sinclair, sólo cito a un viejo poeta árabe. La verdad es que atrás de todo el arte del hotel hay una historia desgarradora, quizás eso es lo que lo hace único, una obra de arte viva.

Volví a rellenar los mezcales. Llevaba un rato vaciando el mío discretamente en el piso. Max estaba ebrio y comenzaba a arrastrar las palabras. La conversación dio varios giros, de pronto el cantinero comenzó a revelar los nombres de huéspedes famosos que visitaban el hotel, rumores sobre ciertos negocios turbios del señor Miller, hasta el sentido esotérico que tenían ciertos rincones de la construcción. De pronto, la charla había perdido sentido.

Al menos, confirmé que Fabiano y Raúl no sabían nada del atraco. La actitud despreocupada y frívola de Mercedes también la descartaba. De todas formas, el hotel no era seguro y tenía que marcharme cuanto antes, aunque me resultaba irónico que el ladrón que Antoinne Miller querría muerto se encontrara hospedado en una de sus propiedades.

No pude evitar sonreír, levanté mi caballito de mezcal hacia el esqueleto con el sombrero y dije:

—¡Salud! ¡Vamos, Abundio tómate tu trago! —dije bebiendo esta vez todo el mezcal; había un regusto delicioso en aquella segunda venganza.

Max estaba completamente borracho y seguía balbuceando frases sin sentido. Raúl y Fabiano se habían marchado, seguramente a seguir festejando en algún lugar más privado. Me serví un último mezcal antes de llevarme la botella a mi habitación cuando sentí una mirada que me pinchaba la espalda. Giré y entrecerré los ojos para mirar mejor. Al final de la cantina, en una mesa sombría había una mujer con un vestido corto y negro. Fumaba mientras me miraba.

Brindé a la distancia, pero la mujer no respondió.

—¿Quién es ella Max?

—¿Quién? ¿Quién? —respondió Max tratando de enfocar la mirada.

—Ella, la mujer sentada en el rincón.

—Qué mu.. jer.. —dijo Max haciendo un esfuerzo por enfocar.

—¿Qué pasa Max, no la ves?

—No...

—Max, por favor, está ahí en la mesa al fondo.

—En la mesa al fon... No, no, espere... —dijo Max sujetándome del hombro —Si no la veo... mejor, mejor no...

El cantinero trató de retenerme, pero terminó por ceder, balbuceaba cosas que no entendí mientras cabeceaba tratando de no ser vencido por el sueño.

Yo cogí la botella y dos caballitos, al parecer la noche se ponía interesante.

La invitación

UNA BRASA BRILLÓ en la penumbra e iluminó su rostro. Damián la reconoció, era la mujer que se peinaba frente al espejo en ropa interior de la habitación número seis. Fumaba un cigarrillo largo y delgado que le cubría la mitad del rostro con un velo de humo. Usaba el cabello corto, con ese estilo cándido y a la vez provocador que habían puesto de moda las actrices y cantantes francesas. Era guapa o quizá más que guapa tenía un aire misterioso, lo que al final la hacía más atractiva.

—Hola —dijo Damián sonriendo.

La mujer lo miró, pero no contestó, sólo volvió a fumar.

Damián miró a su alrededor una vez más, en efecto sólo estaban ellos dos, el esqueleto y Máx en la cantina.

—¿Puedo invitarte un trago?

La mujer volvió a fumar.

Quizás el silencio para otra persona hubiera resultado incómodo, pero a Damián le pareció divertido.

—¿Puedo? —dijo señalando una silla vacía.

Ella no dijo nada.

Damián se sentó, puso la botella en la mesa y sirvió dos tragos.

—Salud —dijo chocando su vasito contra el de ella.

La mujer lo miró, tenía ese tipo de ojos grandes y agresivos enmarcados por cejas delineadas tan comunes en las mujeres latinas. Volvió a fumar, dejó que una parte del humo saliera perezosamente de su boca para luego soplarlo suavemente contra la cara del Don Juan.

Damián sin perder la ocasión, inhaló el humo por la nariz, le dio otro trago al mezcal y sacó por la boca una sutil nubecilla gris. La mujer hizo una ligera mueca con los labios que no terminó de ser una sonrisa, aunque un sutil destello brilló en sus ojos.

Damián volvió a sonreír, acabó su trago, se sirvió otro y volvió a chocar su caballito contra el de ella que permanecía intacto.

Se quedaron un largo minuto en silencio, ella sin despegarle su mirada fría y ligeramente retadora, él estirando el mutismo, tratando de sentirse cómodo en aquel extraño duelo de miradas y silencios.

La Rockola rompió la tensión tocando una canción, era una versión de *The house of the rising sun* acústica y algo espeluznante que Damián nunca había escuchado pero que en el fondo agradeció.

> There is a house in New Orleans
> They call the Rising Sun
> And it's been the ruin of many a poor boy
> And God, I know I'm one

—Ya lo vez, soy de esos tipos buenos para escuchar —dijo al fin.

La mujer ladeó la cabeza.

—Me llamo Damián —dijo brindando por tercera vez.

Ella volvió a fumar, su cigarrillo casi se había terminado. El sacó sin mucha prisa su cajetilla de Lucky Strikes y le ofreció uno, pero la mujer lo ignoró, sacó de una pequeña cigarrera metálica otro de sus cigarrillos y lo encendió.

Permanecieron otro momento en silencio, la música seguía sonando y al fondo desde la barra se escuchaba un ligero ronquido, la borrachera había vencido al cantinero.

Damián que paseaba la miraba por la cantina, se detuvo en la pared con la bacanal de diablitos, ¿sería el alcohol o tenía los recuerdos nublados?, entrecerró los ojos y observó detenidamente la pared.

—Podría jurar que cuando entré, ese diablito, el de color rojo, no miraba hacia aquí...

El suave sonido de un cristal al chocar contra otro, lo interrumpió y lo hizo regresar la mirada hacia su mesa. La enigmática mujer había cogido su caballito, lo aceró hasta su boca, se dio un suave masaje con el cristal en los labios y luego lo bebió de un solo trago.

No hizo ninguna gesto, solo levantó la cara, cerró los ojos disfrutando del suave ardor que le recorría la garganta, sonrió ligeramente, contrajo el abdomen y las piernas como si el licor le causara un misterioso placer, respiró profundamente y volvió a posar sus grandes ojos sobre los de Damián.

Damián sonrió, ella volvió a fumar, él sirvió una segunda ronda de tragos, pero antes de que terminara de llenar los caballitos, la mujer se levantó de la silla. Era alta, casi tan alta como él. Llevaba un vestido entallado de encaje negro que mostraba disimuladamente su lencería. Tenía las piernas largas, la cintura breve y las caderas serpenteadas. Cogió el caballito a medio llenar, lo volvió a beber de un trago y caminó hacia la puerta, y antes de salir miró a Damián sobre el hombro.

«Buenas noches y buen provecho señor Sinclair», pensó Damián.

Como si pudiera leer los pensamientos, aun mirándolo sobre el hombro, la mujer sonrió y salió de la cantina.

Damián terminó el mezcal que se había servido y la siguió. Antes de salir echó un vistazo hacia la barra; Max seguía roncando recostado sobre la barra.

—Buenas noches, Max. Buenas noches, Abundio. Buenas noches a todos ustedes —dijo con una sonrisa a la orgía de diablitos en la pared antes de seguir a la mujer por los penumbrosos pasillos del hotel.

Al fondo del bar, junto al cantinero, una extraña mueca parecida a una sonrisa se había formado en el rostro cadavérico de Abundio Martínez. Entre sus manos huesudas y tiesas, el caballito de mezcal estaba vacío.

La habitación seis

EL VESTIDO DE ENCAJE aumentaba las sinuosidades de su cuerpo y le dejaba la mitad de la espalda descubierta. Sus tacones hacían un sonido hueco y acompasado que iba llenando con ecos los pasillos del hotel. Pasamos junto a las escaleras y seguimos hacia las habitaciones. De pronto me encontré en un pasillo que no reconocí, era más oscuro y estrecho de lo que recordaba. Las puertas de las habitaciones me parecían diferentes, más chicas, de otro color, pero cada vez que quería poner atención a algún detalle, mis ojos regresaban irremediablemente al cuerpo de la mujer.

Sentí un leve mareo acompañado de un sopor indolente, de pronto todo a mí alrededor me pareció inmaterial y vaporoso. Me dejó de importar dónde estaba, perdió importancia si el hotel era propiedad del hombre que tenía a sus sicarios buscándome, volví a sonreír, esta vez más divertido, imaginé que mientras Antoinne Miller estaría rumiando su coraje, yo estaría en una de sus camas disfrutando de la hospitalidad de su hotel.

Llegamos al final del pasillo. Yo me dejaba guiar manso como un cordero. Ella abrió la habitación número seis, pero antes de entrar me pareció ver a una silueta agazapada al fondo del corredor que nos observaba, quizás era un niño o un hombre agazapado, pero antes de que pudiera distinguir quién nos miraba, la mujer me cogió de la mano, me jaló dentro de la habitación y cerró la puerta.

Sin preludios, me arrancó la camiseta, mientras yo le besaba el cuello y los labios. Bajé el cierre de su vestido mientras ella me abrazaba y acariciaba la espalda. Me sentía ebrio y excitado, todo daba vueltas, la sensación me encantaba. Chocamos contra un tocador que tenía un espejo, ella comenzó a besarme el pecho en lo que sus dedos bajaban por mi espalda. No me di cuenta hasta que ya era muy tarde, traté de detener su mano, pero ya había encontrado el revólver. Una inyección de adrenalina me recorrió el cuerpo. Nos miramos fijamente, ella cogía la cacha de la pistola mientras yo atenazaba su mano con la mía. Después de que nuestras miradas se evaluaran, se lanzó sobre mis labios, como si haber encontrado el arma la hubiera excitado todavía más.

Soltó el revólver y me metió la mano debajo del pantalón. En mi entrepierna estaba el sobre de cuero, pero ella no le prestó atención, lo hizo a un lado y me acarició.

Yo sentía que el cuerpo me hervía, el efecto de la adrenalina había pasado y la ebriedad me regresó al cuerpo como un latigazo. Sentía las mejillas encendidas y las manos trémulas. Giramos y caímos sobre la cama. Ella quedó encima de mí. El cabello le cubría el rostro. Su torso estaba desnudo salvo por un brasier negro sin tirantes. Sus muslos me abrazaban la cadera, mientras contoneaba lentamente su pelvis contra la mía.

Arranqué su sostén y dejó que le besara sus pequeños, pero bien formados senos, mientras se quitaba una diminuta tanga y terminaba de bajarme el bóxer. Cuando al fin estuve dentro de ella, sentí que todo me daba vueltas; la ebriedad aunada a su respiración que aumentaba de intensidad hasta que se convirtió en una serie de jadeos y gemidos, me volvían loco.

Una brisa soplaba dentro de la habitación, miré hacia la ventana, pero estaba cerrada. Ella comenzó a gemir y moverse más rápido, y entre cada gemido comenzó a hacer otro sonido, uno gutural y ronco. El cambio de ritmo me excitó, quería penetrarla más fuerte, partirla por la mitad, coloqué mis manos sobre sus caderas y empujé con más fuerza. Ella respondió con más jadeos y gemidos que fueron convirtiéndose en palabras entrecortadas.

Yo no podía despegar la mirada de los movimientos de su cuerpo, de su cintura y senos. En alguno de los retozos hice que su cabello se moviera y de reojo percibí un ligero destello, entre la ebriedad y la excitación no logré comprender lo que veía, pero detrás de los cabellos lacios que cubrían su rostro, había un brillo en sus ojos, como si dos pequeñas farolas se reflejaran sobre un espejo negro.

La lujuria seguía creciendo, su cuerpo serpenteaba sobre el mío descontroladamente. La cabecera de la cama golpeaba contra la pared con tal fuerza que polvo y pequeños pedazos de yeso se comenzaron a desprender y caían sobre las sábanas y las almohadas. Los gemidos y las palabras entrecortadas se convertían en una cantaleta sincopada y frenética.

La excitación se fue transformando en algo más, los ojos negros y brillantes detrás de los cabellos me miraban fijamente. Traté de mover mis manos, pero me fue imposible, era como si la piel de mis palmas estuviera pegada a la de sus caderas. Ahora su cuerpo se movía tan deprisa que parecía que temblaba, pero lo escalofriante era que, aunque su cuerpo vibraba, su cabeza permanecía estática, pues no me despegaba la mirada.

Traté de girar, de patalear o levantar el torso, pero me empujó con las manos hacia abajo y me mantuvo apretado contra el colchón con una fuerza tan sorprendente que me costaba trabajo respirar.

Sentí un exceso de humedad que escurría por mi cadera y mis testículos, miré hacia mi pelvis y descubrí que el pubis y los muslos de la mujer estaban completamente ensangrentados. Trate de gritar, pero de mi boca no salía ningún sonido. Sólo un leve quejido que se perdió entre los gemidos y cantaletas. En el rostro de la mujer se avivó el destello de sus ojos, me siguió empujando con una mano hacia el colchón y con la otra pareció buscar algo detrás de su cuerpo hasta que levantó por encima de su cabeza una daga larga y brillante.

Dejé de respirar y lo que siguió lo recuerdo entre sueños. El rostro oculto por los cabellos, la mirada brillante y depredadora, las convulsiones de su cuerpo desnudo, mis manos desesperadas tratando de liberarse y la daga descendiendo hacia mi frente.

La hoja me hizo un corte arriba de la ceja, sentí el aguijonazo de dolor que me recorría la frente y los nervios de la espalda. Los contoneos provocaban un corte irregular y cada vez más profundo. Un chorro de sangre me escurrió desde la ceja hasta mi mejilla derecha. Con la mirada nublada alcancé a distinguir un resplandor dorado que se formaba a las espaldas de la mujer, luego escuché una voz recia y determinante que ordenaba:

—¡Suéltalo!

La mujer sin mover la cadera giró el torso hacia atrás, su columna crujió como si todos los ligamentos que unían sus vertebras reventaran. Yo no podía creer que sus muslos y sus rodillas estuvieran flexionadas hacia mí al mismo tiempo que su torso giraba hacia otro lado. Parecía que había un forcejeo, los cabellos de la mujer se estiraron hacia arriba como si unas manos invisibles los jalaran y en un instante salió despedida hacia atrás. El cuerpo de la mujer chocó contra el espejo del tocador estrellándolo, yo traté de incorporarme, pero un mareo me lo impidió, alcancé a ver en el espejo roto que había otra persona en la habitación, de pronto, mi visión se nubló, todo se oscureció, hasta que caí en un abismo profundo y silencioso.

Humo triste

ABRÍ LOS OJOS, mi visón aún seguía nublada, pero reconocí que estaba en mi habitación. Sentía el cuerpo pesado y la cabeza me daba vueltas. Traté de levantarme de la cama, me apoyé contra el buró y mi mano resbaló, dándome un golpazo con la esquina del mueble. Automáticamente, me llevé la mano al rostro y sentí que un líquido tibio y espeso me escurría desde la ceja hasta la mejilla.

—¡Maldita sea! —grité entre el enojo y el amodorramiento.

Logré levantarme a tumbos de la cama y fui al baño para lavarme la cara. Prendí la luz, caminé directo al lavabo, me miré en el espejo y tenía la mitad del rostro bañado en sangre. Abrí la llave y la tubería volvió a vibrar, esperé a que el agua se aclarara y me lavé. Volví a mirarme en el espejo y descubrí que tenía una herida irregular y profunda en forma de media luna a un costado de la ceja.

—Mierda, voy a necesitar puntadas...

Como un relámpago, me vino a la memoria la imagen de la mujer de la habitación seis con los ojos encendidos recitando su macabra letanía mientras me cortaba la piel del rostro. Un estremecimiento me recorrió el cuerpo, ¿había sido una pesadilla? No, no era posible un sueño tan vívido, estaba seguro de que no estaba dormido, lo recordaba todo con una escalofriante claridad. Pero cómo había llegado hasta mi habitación, cómo era posible que me hubiera dado un golpe exactamente en el mismo lugar que en el en sueño me habían cortado. De pronto, un pensamiento más angustiante me sacudió: «*¡El revolver! ¡El sobre!*»

Regresé a la recámara con el corazón retumbándome en el pecho, en un segundo pasaron por mi cabeza cientos de imágenes: el día que conocí a Raquel, nuestra boda, el día del incendio, las horas de rabia y deseo de venganza, los días de planeación, el día del atraco, la emboscada, el rostro inerte de Will, la huida hacia el desierto... ¿Y todo para qué? Para perderlo en manos de una timadora que seguramente me había drogado con un alucinógeno. Un vacío amargo me carcomió el estómago. Desesperado, busqué por todas partes de la habitación: removí las sábanas, abrí los cajones, miré debajo de la cama, pero un instante antes de que gritara de rabia, descubrí que sobre el buró estaba el revólver encima del sobre de cuero. Salté sobre el colchón, moví la pistola y abrí el sobre... respiré, su contenido seguía intacto.

Despacio, me senté y hundí la cabeza entre mis rodillas, me jalé los cabellos con fuerza y grité, con esos gritos mudos que salen de la boca como un lamento afónico.

—Pero ¿qué puta madre me está pasando?

Tardé unos minutos en recomponerme. Miré el reloj, eran las cuatro de la mañana. No tenía sueño. Di varias vueltas en la habitación hasta que decidí que lo mejor sería salir a respirar un poco de aire fresco.

El pasillo se veía como lo recordaba, o ¿cómo siempre había sido? Sólo llamó mi atención que, en el piso había mosaicos con diseños coloniales, formas geométricas y multicolores que en conjunto formaban grandes tapetes de flores. Cuando pasé junto a la habitación número seis, sentí un escalofrío, era imposible sacarme de la cabeza las imágenes de la pesadilla. Todo había sido tan real, tan escalofriante. Por instinto me llevé la mano a la frente, la herida aún tenía sangre coagulándose. Pero estando parado ahí, frente a la habitación de una mujer que seguramente dormía, me di cuenta de lo absurdo que eran mis miedos. Por un segundo estuve tentado a tocar la puerta, pero desistí, lo mejor sería ir al patio y fumarme un cigarrillo.

Cuando llegué, sentí el aroma agridulce de la marihuana perfumando el ambiente. Caminé por uno de los senderos, pasé junto a la cascada de las sirenas y a los pocos pasos me encontré con Mercedes sentada en una banca. Llevaba uno de sus vestidos claros y holgados, su rostro se iluminaba intermitentemente con el resplandor de las brasas que parecían un minúsculo sol que moría y renacía en penumbra.

Me acerqué sin decir palabra y me senté al otro costado de la banca. Saqué de mi cajetilla un cigarrillo, lo prendí y le di una larga fumada. Exhalé una fina nubecilla que se mezcló con la densa estela de humo del porro de Mercedes. Nos quedamos un rato en silencio, fumando, cada uno inmerso en sus propios abismos, hasta que Mercedes dijo:

—Bienvenido al Hotel California...

Su tono había sido irónico y a la vez melancólico.

No respondí, seguí fumando, tratando de comprender sus palabras. Había una sensación de abandono que flotaba en el humo de nuestros cigarrillos. Miré el hotel y de pronto toda su belleza me pareció como las flores que adornan la frialdad de una tumba. ¿Era eso el hotel, una tumba decorada?

Apagué el cigarrillo sobre el descansabrazos de la banca y pregunté:

—¿Qué hace una chica como tú encerrada en este lugar?

Mercedes se quedó con la mirada fija en algún rincón del jardín antes de responder.

—Hago lo que puedo, lo que debo... —dijo con cierta tristeza.

—Es tarde —dije mirando las estrellas.

Mercedes suspiró y dejó caer la cabeza pesadamente hacia atrás.

—Es tarde para algunos, quizá sea temprano para otros.

—Esas son las palabras del insomnio —dije sin quitar la vista de las estrellas.

Ella, rio entre dientes.

—Y a usted señor Sinclair, ¿qué le quita el sueño?

Hice un chasquido con los labios.

—Por favor, Mercedes, dime Damián.

La rubia levantó la ceja y sonrió, quizá sorprendida porque supiera su nombre.

—Así que Max, ya nos presentó... Okey, dígame, señor Sinclair, qué le quita el sueño.

Me quedé callado antes de responder.

—El pasado.

Mercedes rio y dijo:

—El insomnio es la sangre que derraman las culpas.

—¿Culpas?

—Todos tenemos cuentas por pagar, ¿no lo cree?

—Por lo visto en el hotel todos son filósofos.

Mercedes arqueó las cejas y apretó los labios antes de contestar.

—Cuando se es parte de un lugar como éste, fumar, beber y leer son de los pocos pasatiempos que uno tiene a su disposición.

Asentí con la cabeza, sabía por experiencia que los libros podían ser buenos compañeros en un confinamiento.

Desde la banca en la que estábamos, veíamos de frente al edificio al que se tenía prohibido el paso. Era la única parte del hotel que desentonaba, no estaba decorada, sólo había una gran puerta de dos hojas, flanqueada por dos columnas, no había ventanas ni decoración. Me intrigó por qué estaría el acceso restringido.

—¿Qué hay ahí arriba? —pregunté sin miramientos.

—*The Masters Chamber´s* —dijo ella.

—Y, ¿por qué está restringido el acceso?

—La habitación está permanentemente reservada.

—¿Vive alguien allá arriba?

—Allá arriba sólo pueden vivir los secretos.

—¿Secretos…?

—Señor Sinclair, toda habitación reservada tiene un secreto. Por ejemplo, estoy segura de que su habitación tiene los suyos.

—¿Por qué lo dices?

—Porque lo sé, simplemente lo veo en su mirada, en su forma de actuar.

—Y, ¿qué tipo de secretos crees que guardo?

Mercedes se encogió de hombros.

—Que voy a saber, sólo digo que todos tenemos secretos.

Mercedes volvió a fumar y noté que tenía en la muñeca unas marcas, como moretones y pequeños rasguños provocados por algún tipo de forcejeo.

—Y tú Mercedes, ¿tienes secretos?

Esta vez la rubia sonrió y por primera vez dejó de mirar las estrellas.

—Me acaba de confirmar que esconde algo, sólo quién guarda un secreto elude esa pregunta haciendo otra. Le propongo algo, si yo le cuento un secreto, ¿usted me cuenta otro?

Ahora, fui yo quien fumó y miró hacia las estrellas.

—Piénselo, podría ser divertido… —insistió.

—O peligroso.

—Mmmmm…, todo lo divertido es de alguna manera peligroso, ¿cierto?

Me tardé en responder, pero al fin asentí con la cabeza.

—Muy bien comencemos. ¿Qué le sucedió en la frente?

Instintivamente pasé mis dedos sobre la herida.

—Creo que me tomé unos mezcales de más y tuve una pelea con el buró de mi cama.

—Uy, eso debió doler.

—Sí, dolió un poco.

—Bien es su turno, pregúnteme.

Torcí los labios y paseé la mirada por el jardín antes de preguntar.

—¿Cuántos huéspedes hay en el hotel? Parece estar algo vacío.

—Hay más de los que se imagina. ¡Bien, mi turno!

—¡Oye, no contestaste mi pregunta!

—Sí lo hice —sonrió coqueta —ahora es mi turno, dígame ¿es casado?

Respondí que no con la cabeza.

—Mmmmm, eso es extraño, un hombre tan atractivo...

Sonreí, a la rubia le gustaba jugar con insinuaciones y luego hacerse la desentendida.

—Estuve casado.

—Mmmmm más interesante aún y, ¿qué es de la exseñora Sinclair? ¿Una infidelidad?

Tardé un momento antes de responder. Vino a mi memoria el rostro sonriente de Raquel como una fotografía antigua que se iba quemando mientras se perdía en la oscuridad.

—Ella ya no está aquí...

—¡Oh! Lo siento... no imaginé que... —dijo la rubia llevándose la mano a la boca.

—Está bien, pasó hace algún un tiempo.

Hubo un breve silencio que decidí romper para evitar que la incomodidad creciera.

—Bueno y tú, ¿tienes a alguien?

—Yo... —un aire de resignación tiñó su rostro. —Yo estoy comprometida con este hotel.

—Me es difícil creer que una chica como tú haya aceptado un trabajo en un lugar como éste, realmente me pareces otro tipo de mujer.

—¿Otro tipo de mujer?

—Sí, me pareces una chica llena de vida, de esas almas libres que no pueden echar raíces, pero de alguna manera aquí estás.

—De alguna manera, aquí estoy... —repitió ella en un susurro.

—¿Cómo conseguiste este empleo?

—Digamos que un día abrí los ojos y desperté siendo parte de este lugar —dijo pasando la mirada por el jardín.

—Es un hotel muy bello, pero...

—¿Pero?

—Es difícil de explicar, vas a pensar que estoy loco, pero es como si el hotel estuviera vivo.

Mercedes no respondió, dio un largo suspiro y me miró. Su expresión había cambiado, había un brillo húmedo en sus ojos, de pronto parecía compasiva, incluso preocupada.

—Damián, no deberías estar aquí...

Pero justo cuando terminó de pronunciar esas palabras, sopló un viento frío que agitó las plantas del jardín y que se fue silbando entre los arcos del hotel. Mercedes cerró los ojos como si pudiera escuchar algún misterioso susurro y después volteó hacia el segundo piso del edificio. Frente a las puertas de la Salón Principal, estaba el hombre del impermeable recargado en su azadón mirándola fijamente.

Mercedes bajó la mirada y se levantó de la banca.

—Creo que es mejor que me vaya a descansar, usted también debería tratar de dormir.

—¿Mercedes? Espera...

—Buenas noches, señor Sinclair.

—Espera, ¿qué sucedió?

Pero la rubia ya no respondió y se fue sin despegar la mirada del piso hacia una de las pequeñas habitaciones que estaban a un costado de la recepción. Yo la miré alejarse. Regresé con reproche la mirada al segundo piso, pero el hombre del impermeable también había desaparecido.

Dulce sudor de verano

EL RESPLANDOR DEL SOL me despertó. Tenía un sabor amargo en la boca, saliva añejada y regusto a alcohol. Tardé unos minutos en despabilarme, no sabía a qué hora me había quedado dormido, el último recuerdo que tenía era el del hombre del impermeable mirando a Mercedes; después, todo era obscuro, había imágenes como flashazos del cielo estrellado, del corredor oscuro y la puerta de mi habitación. Un mar de recuerdos entrelazados y confusos. Me llevé la mano a la cien y sentí la sangre seca y coagulada. Por más que intentaba poner orden a mis ideas me costaba diferenciar la realidad de la ensoñación.

Me levanté y caminé al baño. Me lave la cara y volví a inspeccionar la herida, en efecto, necesitaría puntadas si no quería que me quedara una espantosa cicatriz por encima de la ceja. El reloj marcaba las diez de la mañana. Me metí a la bañera aún adormilado y abrí la llave. La tubería volvió a estremecerse y de la regadera salió de nuevo ese líquido marrón, frío y maloliente, el chorro me tomó por sorpresa y al contacto los pulmones se me contrajeron. Tirité de frío, me froté los brazos para entrar en calor, pero esta vez la tubería siguió vibrando y el agua no se aclaró, salía cada vez más negra y su olor era nauseabundo. Por el cuerpo me escurrían grumos que cuando caían al piso eran amasijos de pelos apelmazados y gelatinosos. Sentí que en mi cabeza algo se movía, me agité el cabello y vi caer junto a mis pies gusanos, lombrices y pequeños ciempiés que se arremolinaban y enroscaban. Salté fuera de la bañera sacudiéndome el cabello y el cuerpo con gran desesperación. Los insectos no caían de la regadera, ¡Salían de mi cabeza, de mi nariz y de mis orejas! Los sentía retorcerse en mi frente y abrirse paso desgarrando los folículos de mi cuero cabelludo, arremolinarse en mis fosas nasales y repiquetear entre mis oídos.

Grité horrorizado.

Levanté la vista y me vi reflejado en el espejo. Estaba ahí dando saltos y agitando los brazos y la cabeza como un demente, pero mi cuerpo desnudo, sólo estaba mojado.

Cerré los ojos, respiré profundamente y luego volví a mirar.

«Está sucediendo otra vez, contrólate, contrólate», me dije mientras me tallaba la cara con las palmas de las manos y comprobaba una y otra vez que no había lodo, ni sangre, ni alimañas ni agua turbia.

Necesitaba mis pastillas, seguramente me había quedado dormido sin tomármelas. Recordé lo que me pasaba cada vez que omitía mi medicación y me quedaba mirándome al espejo, definitivamente no quería volver a escuchar esa voz. Le di la espalda al espejo y miré la bañera, negué con la cabeza, tampoco terminaría de bañarme, primero me tomaría la maldita pastilla. Me sequé con una toalla, salí del baño, esculqué mis jeans, abrí el tubo naranja y tragué la pastilla. Me terminé de vestir con la misma ropa sucia que tenía desde hace tres días y como ya era rutina, me coloqué el sobre de cuero en mi entrepierna, las pastillas y los cigarrillos en las bolsas frontales y el revólver en la parte trasera del pantalón.

Salí de mi habitación y miré el corredor, nada había cambiado, confirmé que la idea de que el hotel estaba vivo era una locura. Caminé hacia la recepción pensando en cuál sería la mejor manera de irme del hotel cuando escuché que desde el jardín principal venía una música suave y rítmica acompañada de aplausos y risas.

Frente a la fuente de las sirenas estaba Mercedes bailando con Fabiano, mientras que Raúl tocaba un bongó acompañando la música de un tocacintas. Era una canción de Santana con un ritmo repetitivo y sugerente que invitaba a bailar. Me quedé observando a la distancia. Mercedes tenía el cabello suelto y desparpajado. Los mechones dorados le cubrían la mitad del rostro y ella lo jugueteaba con sus manos haciéndolo hacia atrás y luego con un movimiento lo volvía a echar al frente. Llevaba puesto uno de sus vestidos de tirantes, pero éste, aunque también era holgado, era más corto y dejaba a la vista sus muslos largos y torneados. Se contoneaba al ritmo de la música, abrazaba a Fabiano por el cuello, daba media vuelta, hacía que la abrazara por detrás mientras movía de un lado al otro las caderas. Fabiano seguía el juego como un seductor experimentado, le acercaba la boca al cuello, sus labios rozaban ligeramente su piel antes de alejarse, lo mismo hacía con las manos, la acariciaba por la cintura, subía por las costillas y un instante antes de llegar a sus senos desviaba la caricia hacia su abdomen.

Mercedes sonreía seductora y cómplice. Se sabía hermosa y dejaba en libertad el poder de su seducción de esa extraña manera en que las mujeres suelen hacerlo en compañía de los hombres que no representan ningún peligro.

Raúl disminuyó el ritmo de sus percusiones y Mercedes se alejó de Fabiano para interpretar un solo. Levantó los brazos hacia el sol y se meció despacio, pronunciando las curvas que su cuerpo dibujaba en el aire. Me resultó imposible dejar de mirarla. En su piel dorada aparecieron pequeñas perlas de sudor que de vez en cuando se entrelazaban formando una pequeña gota que se deslizada por los recovecos de su piel que me parecieron un collar de diamantes como los que lucían las modelos de Tiffany. No sé si las flores del jardín, el incienso o el perfume de sus bucles dorados provocaron en mí un deseo incontrolable. De pronto, su piel me pareció irresistible, un dulce sudor de verano que tenía que tocar, besar y lamer.

Sin darme cuenta di un paso hacia el frente y tropecé con una macetilla que rompió el hechizo al quebrarse en pedazos. Raúl fue el primero en verme, luego Fabiano y al final Mercedes.

Todos nos quedamos en silencio, congelados, hasta que Fabiano soltó una carcajada. Mercedes se sonrojó, sus ojos de miel brillaban enmarcados por las pecas y el rubor en sus mejillas. Raúl retomó el ritmo, y yo me quedé parado sin saber qué hacer. Mercedes trató de recomponerse, pero su cuerpo se había tensado, la había arrancado de su trance y ahora la magia se había esfumado.

No podía quedarme parado ahí como un bobo, así que sonreí, saludé con la mano y seguí caminando hacia la recepción, di vuelta por el pasillo hasta que llegué a la biblioteca. La música se escuchaba distante y había cambiado de ritmo, prendí un cigarrillo y valoré mis opciones, no había automóviles, podía esperar a que un nuevo huésped llegara y tomar prestado su vehículo, pero la posibilidad se me antojaba bastante remota. La segunda opción era emprender una larga caminata por el desierto y la tercera era esperar a que dieran las seis y marcharme en el camión. Miré el letrero de la biblioteca con resignación, al final yo tenía mucha experiencia pasando largas horas entre estantes repletos de libros. Suspiré y abrí la puerta.

Entre anaqueles

GIRÓ LA MANIJA, los goznes rechinaron y la puerta se abrió con pereza. Llegó hasta su nariz el olor a polvo y libros viejos. Por lo visto, Max le había mentido, la biblioteca no era un lugar muy visitado, en sí se preguntó: «¿qué razón había para que un hotel tuviera una biblioteca?» Recordó que también Max le había comentado que, en un inicio, el hotel recibía visitas célebres que buscaban alejarse del caos de sus vidas cotidianas y quizá bajo esa perspectiva contar con un espacio como ese cobraba sentido.

La biblioteca era un salón abierto con varios sillones y mesitas de lectura y estanterías repletas de libros a los costados. A la derecha, había una pequeña escalera de caracol que conducía a un mezanine en el que había más estantes con libros. A la izquierda, entre algunos estantes, había un armario con puertas de cristal en el que se podían ver decenas de álbumes fotográficos. En el techo había un candelabro gigantesco de hierro con portavelas en forma de querubines. Como todo en el hotel, la biblioteca tenía esa mezcla de sofisticación y buen gusto, acompañada de cierto aire místico y fantasmal.

Miró su reloj y aún faltaban siete horas para que dieran las seis. Esta vez estaría muy pendiente de la hora para estar al menos treinta minutos afuera del hotel esperando al camión. La biblioteca sería un buen lugar para matar el tiempo, al final los libros lo habían acompañado seis largos años de su vida, así que siete horas pasarían en un abrir y cerrar de ojos.

Se paseó por las primeras estanterías y descubrió que los títulos no estaban acomodados por autor o título, no parecía haber alguna regla, lo mismo podía encontrar *El Fausto* de Goethe, que *Técnicas Culinarias del viejo Mundo* o *1984* de Orwell en la misma repisa.

La escalera de caracol era de herrería, tenía cuatro tiras en espiral que hacían un barandal que de tanto en tanto formaban nudos parecidos a flores retorcidas. Damián subió al tapanco y se paseó por los anaqueles, había el mismo desorden en las repisas. Paseó el dedo índice por diversos títulos: *El Popol Vuh, Crimen y Castigo, Matar a un Ruiseñor, Filosofía de tocador, La voz del silencio...* Cientos de textos, algunos tan viejos que parecían que al tomarlos se deshojarían en sus manos.

Desde el tapanco podía ver más cerca el candelabro; un trabajo notable y a la vez desquiciado. Era una pieza de hierro de varios niveles. Los brazos de cada candelero eran escamados como serpientes que salían en todas direcciones desde un nido en el que tenían las colas enroscadas. Las figurillas en cada portavelas eran en efecto querubines, pero todos tenían muecas de susto o sufrimiento. Algunos tenían la cara cubierta por cera derretida que les daba la impresión de estarse asfixiando, otros con semblantes adoloridos sostenían las velas con sus alas torcidas hacia arriba y otros más estaban volteados boca arriba y les salían las velas por las bocas como si estuvieran empalados.

Damián miró el resto de la biblioteca desde lo alto. Justo abajo del candelabro, entre los sillones de lectura, se formaba una estrella de varias puntas en el piso, pero lo que más llamaba la atención, era el armario que estaba en el lado opuesto a la escalera. Bajó del mezanine y se dirigió hacia el mueble. Era robusto, tallado en madera, tenía varias repisas con álbumes numerados: 1943, 1944, 1945... así consecutivamente hasta llegar al año actual. Abrió la puerta y tomó el primero. Lo hojeó con cierto desgano. Había fotos del hotel en remodelación, parecía que lo habían levantado sobre otra construcción más antigua, quizá el monasterio jesuita que le había comentado Max. Conforme pasó las hojas el hotel se iba pareciendo más al actual, aunque sin la decoración estrafalaria. En la mayoría de las fotografías aparecía un hombre delgado, de rasgos orientales, peinado como un hongo que dirigía y ayudaba a los albañiles.

Pasó las hojas hasta que llegó a una fotografía con un pequeño recorte de un periódico que decía:

La familia Huang abre hotel en medio del desierto

El artículo hablaba de la osada apuesta de abrir un hotel en medio de la nada. Al final el periodista sentenciaba al emprendedor oriental al fracaso. Sin embargo, en la fotografía aparecían el señor Huang con su esposa y su escalera de hijas, todos sonrientes y con rostros llenos de ilusión.

Siguió hojeando, mirando más fotos del hotel. Era sobrio pero bonito, la distribución era más o menos la misma, el jardín principal no tenía la cascada de las sirenas sino otra más sencilla y pequeña. En general, no había ninguna de las extravagancias actuales, pero de alguna manera transmitía la misma sensación misteriosa, casi onírica.

Dejó el primer tomo y cogió otro al azar. Las primeras fotografías eran de clientes del hotel retratados con el señor Huang. Había de todo un poco, pero le sorprendió ver al sonriente chino posando junto personajes de la talla de María Félix, Bob Dylan, Salvador Dalí, Charlton Heston, James Dean, incluso una rubia con una mascada en la cabeza y lentes de sol que le daba un aire a Marilyn Monroe.

—Vaya chino afortunado —dijo entre dientes.

Siguió hojeando, pero tras darle la vuelta a tres páginas, Damián encontró un recorte del mismo periódico local que anunciaba la trágica muerte de una de las hijas del hotelero.

Desde ahí no hubo una sola imagen en la que el Señor Huang sonriera. Su semblante era demacrado, como el de los que padecen insomnio. Luego tal y como lo relatara Max, hubo una segunda nota que daba otra funesta noticia: la de la muerte de otra hija del hotelero quien había sido atropellada junto con una mucama por un camión que había perdido el control justo a las afueras del hotel.

Damián guardó ese álbum y sacó otro. Había un cambio radical en su contenido. Las fotos habían sido sustituidas por recortes de periódico que anunciaban los servicios de médiums, panfletos propagandísticos de sectas, hojas arrancadas de libros esotéricos, entre otros textos paranormales. Había muy pocas fotos del señor Huang, pero las que había, mostraban a un hombre diferente; un ser desgastado, de cabellos y barbas largas, cuerpo esquelético y ojos saltones.

Pasó hoja tras hoja, hasta que encontró la nota que confirmaban el terrible desenlace de la familia Huang.

TRAGEDIA EN EL
HOTEL CALIFORNIA
Huang asesina a su familia

Las fotografías mostraban cuerpos cubiertos con sábanas y policías expectantes, pero había una que destacaba, aunque era muy parecida a las demás, en ella el fotógrafo había captado un instante antes de que el agente forense cubría por completo el cuerpo de uno de los cadáveres. La toma era borrosa, las sombras cubrían el rostro de una de las hijas asesinadas, pero lo que estaba claro eran los semblantes de los policías, todos tenían una expresión de asombro y horror.

Las siguientes hojas contenían notas sobre especulaciones del crimen. Algunas aludían a una depresión aguda del señor Huang y que, debido a la ingesta de alcohol y drogas, se había transformado en locura asesina. Otras notas atribuían el crimen a infidelidades y profundos problemas maritales, pero había otras que señalaban la intervención de entes oscuros presentes en la zona desde épocas prehispánicas.

Damián cerró el tomo. Lo colocó en su lugar y sacó uno fechado cinco años después. Las fotos y recortes relataban otra historia, una de esperanza e ilusión. El hotel era más parecido al actual, pero estaba en proceso de remodelación. En la mayoría de las fotografías aparecía una mujer joven y guapa, de tez blanca, de cabello negro trenzado y que vestía al estilo de Frida Kahlo. Las fotografías a diferencia de las de los álbumes anteriores, estaban cuidadas, tomadas por un fotógrafo profesional. La mujer aparecía sembrando alcatraces, pintando una pared, colocando un cuadro o una escultura, llevando jacales con fruta a la cocina o enseñando a las mucamas a fregar los pisos.

Aunque todo parecía demasiado producido, incluso a Damián el conjunto de pictogramas le recordaban al *storyboard* de una película, la mujer siempre proyectaba legitimidad. Siguió hojeando el álbum hasta que llegó a un recorte periodístico de una plana que anunciaba la reinauguración del hotel. Había decenas de personas entre periodistas, camarógrafos e invitados que aplaudían hacia una pareja que cortaba el listón inaugural. Era la hermosa mujer de todas las fotografías abrazada por la cintura de Antoinne Miller.

Debía ser una foto tomada hace unos treinta años, Alexander Miller estaba delgado, se le veía apuesto con el cabello rubio peinado hacia atrás. Llevaba su característico traje de lino blanco y el bigote bien recortado. Miraba a Juana, su esposa, con ojos enamorados, era difícil creer que aquel treintañero de semblante cortés y soñador se hubiera convertido en uno de los criminales más poderosos de la costa del pacífico.

Las fotos que siguieron eran iguales a las anteriores: Juana Ontiveros de Mendoza posando y decorando el hotel. Siguió hojeando hasta que una imagen le hizo regresar bruscamente la hoja que recién había pasado. Sentados frente a uno de los ventanales de la recepción estaba Juana abrazando a otro hombre. Era un abrazo cómodo, afectuoso, casi maternal. La imagen no era tan clara como las anteriores, pero había algo en aquel tipo que le parecía familiar. Despegó la fotografía del álbum y miró al reverso. Una letra manuscrita y pulcra decía:

Con mi hermoso Fabiano
El lente que lo hará todo eterno.

Era imposible. Miró de nuevo la foto y en efecto era el mismo Fabiano que acaba de ver bailando con Mercedes hace apenas un momento. Trató de encontrarle sentido a las cosas, porque de ser aquello cierto, el Fabiano que conocía debía tener al menos sesenta años. La única explicación posible es que el hombre en la fotografía fuera el padre del joven que conocía.

Un ruido inesperado lo hizo sobresaltarse, girar y apuntar con el revólver. La habitación amplia y penumbrosa estaba vacía. Cruzó al otro lado de la biblioteca caminado despacio, observando los pasillos entre las estanterías, sentía en el cuerpo el aguijón de una mirada espía. En el último estante, junto a las escaleras de caracol, vio un libro tirado en el piso. Lo recogió y miró la página que había quedado abierta. Era un cuento infantil de dibujos grotescos en el que un mago con una nariz más puntiaguda que su sombrero le enseñaba a un niño de cabeza cuadrada algunas lecciones de magia:

—Hemos llegado al reino del espejo negro.

—Es hermoso —contestó el niño.

—Lo es, pero cuidado con las apariencias. Este lugar es un pensamiento roto de una mente infinita. Es un lugar que nunca debió crearse.

—No entiendo.

—Digamos que todo este lugar existe en el mundo físico, pero a la vez es un pensamiento.

—¿Algo así como un sueño hecho realidad?

—O una pesadilla... Aquí debes tener cuidado con lo que deseas porque tus pensamientos se hacen realidad.

—Mmmmm, o sea que, si pienso en un pastel de chocolate, ¿aparecerá?

—Puede ser... o quizá te conviertas en uno, te rebanen y te sirvan para la cena.

20

Damián hizo un gesto de repudio, pero ¿qué clase de cuento era ese? Cerró el libro y miró la portada.

CUENTOS PARA MORIR SOÑANDO

En la tapa se podía ver al extraño niño de la cabeza cuadrada con una antorcha en la mano, mientras huía sobre un camino amarrillo que recordaba al del Mago de Oz, pero al fondo se apreciaba un pueblo en llamas, con gente y animales despavoridos intentando salvarse.

Damían negó con la cabeza y lo colocó en el anaquel del que se había caído. Al momento de acomodarlo, vio entre los libros que en el pasillo contiguo había un niño con la cara pintada de negro, que lo miraba. Damián dio dos pasos para atrás con los puños cerrados, pero al reconocer que se trataba de un niño, torció la cabeza para mirarlo mejor. La escasa luz que había en la biblioteca no le permitía distinguirlo bien, sólo la blancura de sus ojos contrastaba con la penumbra.

—Hola… —dijo Damián.

—Hola… —contestó una vocecita infantil.

—¿Qué haces aquí?

El niño no respondió, sólo permaneció parado mirándolo.

—Me llamo Damián, ¿y tú?

—Damián… —dijo la vocecita como en un eco.

Había algo extraño en la cara del niño, como si la pintura cobrara un volumen incierto. Damián rodeó el estante para verlo mejor, pero cuando asomó al siguiente pasillo, había desaparecido.

Buscó en todas direcciones, pero el niño ya no estaba.

—¿Hola? ¿Dónde estás?

Nadie respondió.

—¿Hola?

Sólo hubo silencio.

—No debes tener miedo, no te haré daño.

—No te haré daño —repitió la vocecita a sus espaldas.

Damián giró, pero no había nada.

—¿Dónde estás? —volvió a preguntar. El tono en sus palabras se volvió de pronto inseguro.

—¿Dónde estás? —respondieron varias voces infantiles que parecían provenir de todos lados; de los estantes, las paredes, el piso, incluso desde el candelabro.

Damián se paró en el centro de la biblioteca miró en todas direcciones, la habitación parecía vacía, pero la sensación de sentirse observado había crecido.

—¿Les gusta jugar al escondite?

No hubo respuesta.

Damián comenzó a sentirse incómodo, de alguna manera, él también estaba jugando al escondite, pero sus perseguidores no tenían intenciones de divertirse. Le resultó extraño que hubiera niños en el hotel, incluso se preguntó qué clase de padres llevarían a sus hijos a un lugar como ese, pero al final ese no era asunto suyo, decidió que lo mejor sería irse de la biblioteca, un adulto jugando con niños desconocidos en un lugar cerrado no sería bien visto y lo que menos quería era llamar la atención.

Dio media vuelta para salir, pero con el rabo del ojo alcanzó a mirar a una sombra que se ocultaba a un lado del viejo armario.

—Lo siento chicos, pero no puedo quedarme a jugar.

Unos pasos cortos y rápidos se escucharon a la derecha como si alguien acabara de bajar del tapanco y se ocultara detrás del primer anaquel junto a las escaleras metálicas. Luego otra sombra pareció arrastrarse detrás de uno de los sillones.

—De verdad lo siento, será en otra ocasión.

Damián sintió un miedo inexplicable, aun sabiendo de su corpulencia y de las seis balas en su revólver, había algo, un instinto que le advertía que debía marcharse. Miró hacia su izquierda y notó que la sombra escondida detrás del armario había avanzado y ahora se ocultaba debajo de una mesa.

—Okey. Creo que es hora de irme.

Dio media vuelta y giró la manija de la puerta. Las bisagras rechinaron y un rayo de luz entró en la habitación. Damián miró sobre su hombro y aunque fue sólo un parpadeo, creyó ver a unos pasos de su espalda, a un grupo de niños con extrañas máscaras que se desvanecían tan pronto eran alcanzados por la claridad del atardecer.

El camión

MIRÉ DOS VECES ANTES DE SALIR, las siluetas infantiles habían desaparecido, quizá el sol me había deslumbrado, pero podía jurar que había visto a tres niños con máscaras desaparecer a sólo unos cuantos pasos de distancia.

En el patio principal no había rastros de Mercedes o de sus niños bonitos. Tenía que encontrar a Fabiano y preguntarle sobre esa extraña foto en la que aparecía. Otro enigma más. Sin ninguna razón, más bien como una reacción mecánica miré mi reloj y los ojos se me quedaron clavados en las manecillas.

—¡¿Pero qué demonios?!

El reloj marcaba diez minutos para las seis de la tarde. ¡Estaba volviendo a suceder! No era posible que hubiera pasado tantas horas en la biblioteca, pero cuando había entrado era de mañana y ahora el sol ya teñía de rojo el atardecer. Otra vez, con el corazón desbocado, corrí hacia la recepción dispuesto a volar la chapa de la puerta a balazos si se volvía a atorar.

Como lo esperaba la habitación estaba vacía. Caminé decidido hacia la puerta, saqué la pistola y dije entre dientes:

—Te abres o te abres…

Puse la mano en la manija, la giré y jalé. El cerrojo no se abrió. Moví hacia arriba y hacia abajo la manija, pero el mecanismo estaba atascado. Di un paso hacia atrás, amartillé el revólver y apunté. Pero un instante antes de disparar, el mecanismo del cerrojo hizo un ligero ruido y la puerta se abrió. Me quedé apuntando, pero del otro lado apareció una mujer con facciones indígenas vestida de camarera. La mujer se quedó paralizada con la mirada fija en el arma, luego me observó con esos ojos de india vieja que no demuestran ninguna emoción. Tuve una sensación extraña, parecía que detrás de esa mirada indescifrable no había una persona, sólo vacío, un reflejo de una vida perdida que se había ido hace mucho tiempo. La mujer no hizo ningún gesto, tampoco dijo nada, sólo agachó la cabeza y pasó a mi lado como un fantasma, yo me quedé con el revólver apuntándole a la ausencia que había dejado.

Salí del hotel y miré el reloj. Faltaban dos minutos para las seis. A la distancia, sobre la carretera, apareció el pequeño punto metálico que comenzó a crecer. Respiré aliviado, al fin me marcharía del hotel. Pensé en Mercedes, era una chica tan particular que admití que me habría gustado despedirme de ella, era la primera vez desde la muerte de Raquel que una mujer me interesaba, no era sólo su belleza, había algo en ella, en su mirada, quizá en sus ambivalencias...

Crucé la carretera y esperé del lado de las ruinas de la capilla. La pequeña campanita a lo alto de la torre tintineaba con pereza. De pronto, me invadió una curiosidad infantil. ¿Qué habría dentro de aquellas paredes derruidas? Asomé y alcancé a ver que justo en medio de la iglesia había una grieta y al fondo un altar. Miré hacia el camión, estaría en el hotel en un par de minutos, tiempo suficiente para ir a ver y regresar. Sonreí, aquellas eran las cosas que divertían a Raquel, cuando se me ocurrían insensateces sólo por darle emoción a la vida.

Caminé dentro de la capilla, había unos veinte metros desde la puerta hasta el altar. Aunque la construcción no tenía techo, mientras avanzaba, mis pasos producían ecos como si los nichos vacíos de las paredes fueran bocas que pronunciaban mi nombre. Como había visto, justo a la mitad del pasillo central había una grieta en el piso, bastante ancha y al parecer profunda. Me asomé, pero no pude distinguir qué había debajo. Seguí hasta el altar que era un bloque rectangular hecho de piedra y tenía a su costado derecho un hoyo cuadrado en el que había unas bisagras oxidadas clavadas al piso, pero no había rastro de la puerta que debió tapar el acceso. El hoyo era pequeño, del tamaño justo para que un hombre pudiera descender. No se podía ver mucho más que unos escalones improvisados con piedras que se perdían en la negrura del pasadizo. La curiosidad creció, aunque ningún sonido salió del agujero, sentía como sin una voz silenciosa me llamara. «Sólo asómate y ya», me decía una voz en mi cabeza. Estaba por meter el pie en el hoyo, pero el ruido metálico del embrague del camión me hizo regresar de aquel extraño embrujo y mirar hacia a la carretera.

No tuve que correr, entre las paredes derrumbadas de la iglesia, vi que el camión apenas se estacionaba frente al hotel. Salí de la iglesia y eché un último vistazo hacia el altar. ¿A dónde llevaría ese pasadizo?, ¿a una cueva?, ¿a una habitación secreta? Torcí los labios, ese sería otro enigma que dejaría sin resolver.

El camión se detuvo con un chirrido de sus frenos. Por precaución puse mi mano en el revólver listo para defenderme por si bajaba del armatoste alguno de los matones de Antoinne Miller. Noté que todo el costado derecho del autobús estaba abollado, como si se hubiera volteado de costado y nadie se hubiera molestado en repararlo. La puerta hizo un rechinido antes de abrirse y apareció el chofer con los lentes de policía, quién me miró por un momento antes de decir:

—Parada Hotel California.

Escuché unos pasos que se acercaron y de la escalera del autobús descendieron tres personajes. El primero era un tipo muy alto y flaco que llevaba un saco púrpura, una solapa de terciopelo y un pantalón de pana gris. Le siguió una mujer de unos cincuenta años, rapada al ras, con lentes de sol cuadrados, una sombrilla y ropas negras que recordaban al plumaje de un cuervo. Por último, bajó un tipo fornido, con una barba de leñador pelirroja, ojos verdes y nerviosos que saltaban de un lugar a otro; iba vestido con una camisa a cuadros roja abotonada hasta el cuello.

Ninguno de los tres me saludó o se despidió del chofer. Traían equipaje de mano, cruzaron la carretera y entraron al hotel.

A la distancia escuché la voz de Mercedes que recitaba su cantaleta:

—Bienvenido al Hotel California, un lugar encantador, sin importar cuando nos visite, siempre...

«Adiós Mercedes, espero que algún día puedas largarte de aquí», dije para mis adentros. Subí las escaleras del camión y eché un rápido vistazo buscando algún indicio de peligro, pero el camión estaba vació. Pagué el pasaje al chofer y me senté dos filas detrás de él, pero sin darme alguna razón, el tipo bajó del autobús. Extrañado miré su regordeta figura caminar rengueando hacia el hotel. De pronto, estaba solo en el camión. Pasaron cinco minutos y el chofer no volvía.

—¿A dónde fue este imbécil? —dije en voz alta.

Pasaron otros cinco o veinte, o quizá sólo fueron un par de minutos, pero la espera me estaba poniendo ansioso, sudaba y me sentía agresivo. Tenía el revólver en las manos, lo amartillaba y desamartillaba una y otra vez. Habían pasado varias veces por mi cabeza la idea de esperar a que el chofer regresara, alejarnos unos cuantos kilómetros, volarle la tapa de los sesos y conducir yo mismo el camión. Había incluso pensado en lo sencillo que sería deshacérseme del cadáver en medio del desierto. Asomé por la ventana por décima vez y vi que el chofer venía acompañado de Raúl. Me sentí furioso, mi plan se había complicado, ahora tendría que matar al chofer y al maricón, pero no importaba, ya encontraría el momento de amenazarlos con el arma, obligarlos a descender y ejecutarlos.

El chofer subió las escaleras torpemente y cuando se ayudó con el pasamanos del autobús noté que tenía una fea cicatriz en las muñecas que apresuró a ocultar con la manga de su camisa, me sonrió y me dijo con una sonrisa franca.

El chofer subió las escaleras torpemente y me dijo con una sonrisa franca.

—Perdóneme patrón, pero ya sabe, cuando uno tiene que ir, pues tiene que ir…

—¿Qué tal señor Sinclair, ya de salida? —dijo Raúl en seguida.

Yo no respondí, bajé la mirada y vi mi pistola amartillada. Pero ¿qué demonios estaba pensando? ¿Matarlos? ¿De dónde venían esos pensamientos? En un par de minutos no sólo había ideado un plan para asesinarlos, sino que realmente estaba pensando en ejecutarlo. Disimuladamente guardé el arma y me limité a sonreír.

El chofer se colocó sus lentes de policía, y dijo como si fuera un guía de turistas:

—Señores pasajeros, nuestro siguiente destino, Bahía Loreto, ¡vaaaamonos!

La marcha del camión se escuchó como una tos metálica y prolongada. No arrancó al primer intento. Volvió a ponerlo en marcha, hasta que el motor, como si se liberara de una flema, encendió haciendo vibrar su esqueleto de fierros viejos.

Avanzamos una decena de metros a ralentí, el chofer acababa de poner un casete de *Los Tigres del Norte*, cuando el camión volvió a sacudirse, parecía que se ahogaba, la carrocería volvió a vibrar, avanzó algunos metros más antes de que la marcha se apagara tras un áspero y prolongado estertor.

El chofer intentó darle marcha, pero el motor produjo un sonido similar a una tos ronca, luego dio un par de estertores metálicos que terminaron provocando una humareda. El hombrecillo bajó dispersando el humo que salía del motor con un pañuelo, le siguió Raúl tapándose el rostro con su mascada. Yo, no lo podía creer. Bajé del autobús y miré al chofer intentando abrir el cofre.

—¿Qué ha pasado?

—Creo que se le rompió una manguera.

Miré hacia sus pies y noté que un líquido viscoso y negro comenzaba a formar un charco.

—Ya valió madre joven, eso es aceite. —dijo el chofer dando unos saltitos para atrás para evitar mancharse los zapatos.

Yo sentí que la sangre me hervía.

—¡Maldita mi suerte! —grité mientras le daba un punta pie a la carrocería.

—¡Eh! ¡Eh! Cálmese, cálmese —me reclamó el chofer.

—¡No me diga que me calme! ¡Su maldita carcacha no funciona!

—Oiga, no me hable así.

—Le hablo como jodidos se me dé la gana.

—No se confunda güerito, soy un chofer, pero no su pendejo. Si tiene mucha prisa, ¡pos arránquese! —dijo señalando la carretera.

El regordete hombrecillo dio medio vuelta y caminó hacia el hotel.

—¿A dónde carajos crees que vas? ¡Regresa!

Pero el chofer me ignoró por completo.

Raúl negó con la cabeza y lo siguió.

Sentí un deseo incontrolable de dispararles. Llevé mi mano hacia atrás para alcanzar el revólver, pero un repentino mareo me hizo tambalear. La luz del día me parecía demasiado intensa, mi visión era borrosa, me tallé los ojos sin poder enfocar. Perdí noción de mí mismo, ¿dónde estaba? Me hacía falta aire. Varias gotas de sudor me escurrían por la frente y el corazón me latía con tal fuerza que pensé que las costillas se me iban a quebrar. Caí de rodillas jadeando, sentí una vez más las miradas y risas del desierto, luego mi vista se nubló hasta que todo se hizo oscuridad.

Desmayo

DESPERTÓ. Por un momento no reconoció dónde estaba hasta que los detalles de la habitación se lo fueron recordando. Hizo el intento de incorporarse, pero estaba débil y el peso de su cuerpo le ganó.

—Señor Sinclair, trate de descansar —dijo una voz suave.

Damián volvió a intentar levantarse, pero la debilidad lo volvió a vencer.

—¿Qué me sucedió?

—Sufrió un síncope vasovagal.

—Un qué...

—Un desmayo, señor Sinclair.

—Pero yo nunca me había...

—¿Padece usted del corazón?

—Del corazón yo, no, no...

—Los desmayos repentinos también pueden manifestarse por episodios de estrés intenso.

Damián vio que una silueta esbelta y muy alta se levantaba al pie de su cama.

—Dejé sus cosas en el cajón del buró.

Damián sintió un repentino estremecimiento: «¡El sobre, la pistola!»

Su interlocutor caminó hacia la puerta y Damián lo reconoció, era el tipo alto del saco púrpura con la solapa de terciopelo.

—Descanse señor Sinclair.

El hombre salió de la habitación sin hacer ruido como si sus pies no tocaran el piso. Cuando cerró la puerta, Damián giró de costado y abrió el cajón. Ahí estaba el revólver con las balas fuera del tambor, a un costado estaba su reloj, el tubo naranja de sus pastillas, su cartera y el sobre de cuero. Damián estiró el brazo hasta alcanzar el sobre, lo abrió torpemente y al ver su contenido, respiró aliviado.

Volvió a recostarse boca arriba. ¿Cuánto tiempo había pasado inconsciente? Cuando se sintió capaz de ponerse en pie, se sentó en el borde de la cama y miró su reloj. Eran las nueve de la noche. Miró su habitación y de pronto le pareció extraña, había algo diferente. Se masajeó suavemente la frente y volvió a mirar: las figuras en los mosaicos del piso ya no eran negras, ahora eran rojas. Siguió observando el cuarto y notó varios cambios, todos eran sutiles, casi podían pasar desapercibidos y a la vez eran imposibles de realizarse en un solo día. Las paredes seguían pintadas de rojo ladrillo, pero tenían un acabado deslavado con ese descuido intencional que se les da a las cosas que pretenden ser antiguas. La ventana de la habitación era más ancha y ya no iba del techo al piso. Miró su cabecera y los nudos de herrería había perdido su simetría, se habían enroscado formando remolinos de metal. La lámpara de la catrina con la sombrilla se había torcido, como si la figurilla se inclinara hacia él y lo mirara con interés.

Damián volteó la figura hacia la pared y entró al baño. La bañera ahora tenía una cortina que la rodeaba, el espejo del baño era un poco más grande con un marco de herrería, pero lo más extraño era que los peces de barro en la pared ya no estaban alineados hacia un lado, ahora parecían manecillas de un reloj inmenso y descompuesto.

Damián cerró la puerta del baño y caminó hacia la ventana.

—Esto no es posible —dijo mientras pasaba la mano por el marco de la ventana para ver si el cemento estaba fresco.

Volteó a la izquierda y miró el ropero. Las artesanías habían desaparecido y sólo quedaba en uno de sus estantes la vieja máquina de escribir con una hoja en blanco. Abrió las dos puertas para ver mejor la máquina, era una *Underwood* de color negro con las letras y logotipo en color dorado. La hoja en blanco parecía lista para escribir, por lo que Damián no pudo evitar teclear:

¿Qué está pasando?

Se quedó un rato mirando la hoja, releyendo una y otra vez sus propias palabras, al cabo de unos minutos se convenció que la hoja en blanco no le revelaría respuestas así que pensó que lo mejor sería ir al bar, volver a emborrachar a Max o interrogar a Fabiano sobre las fotografías que había visto en la biblioteca.

Salió de la habitación y avanzó por el oscuro corredor. Tenía la sensación de que había más cambios en el hotel, pero no quería detenerse a comprobarlos. Pasó junto a la habitación número seis, la puerta seguía cerrada. Llegó al final del corredor, miró de reojo el mural de los niños y siguió hacia el patio principal. Las luces en el bar estaban encendidas y la música de la rockola se escuchaba a la distancia. Una brisa fría y húmeda lo estremeció, se frotó los brazos y apuró el paso.

Un brindis silencioso

—ODIO LOS VIENTOS FRÍOS, más los de este hotel...
—dijo una voz a mis espaldas causándome un nuevo
sobresalto.

Era Raúl.

—Ya lo ve, todos nos ponemos nerviosos cuando
soplan estos vientos —dijo frotándose los brazos.

—Lo siento, no te escuché.

Raúl hizo un gesto de no darle importancia.

—A veces camino como un fantasma —dijo con
una risilla suave y femenina. —¿Entramos?

Asentí con la cabeza.

Raúl abrió la puerta y fue hacia la misma mesa que
había ocupado la noche anterior, sólo que esta vez no
estaba Fabiano. Caminé despacio buscando detalles
que hubieran cambiado, pero no los encontré, todo
estaba como lo recordaba; la rockola seguía siendo

amarilla ubicada en el mismo lugar, la pared con la orgia de diablos estaba igual, la barra, incluso Abundio Martínez estaba en el mismo rincón enroscado sobre su caballito vacío.

Salvo por Raúl y Max, que limpiaba vasos detrás de la barra, la cantina estaba vacía. Me senté en un banco y saludé a Max.

—Creo que Abundio y yo somos tus mejores clientes —dije dando unas palmadas al esqueleto de utilería. Max sonrió sin levantar la mirada.

—¿Qué le apetece tomar?

—Bueno, pues qué te parece Max, si me sirves lo mismo que ayer.

—Mmmmm, ¿me podría recordar que bebió ayer?

Reí a boca abierta.

—¿Me dices que no recuerdas lo que bebimos ayer?

—Me parece que debe estar confundido señor...

—Qué pasa Max, ¿tampoco recuerdas mi nombre?

—Señor...

—Sinclair —dije incrédulo.

—Señor Sinclair, la administración nos tiene terminantemente prohibido beber con los huéspedes, insisto que debe estar confundido.

Me quedé callado mirándolo, tratando de detectar la broma, si había algún gesto o mueca que lo delatara, pero el cantinero seguía inmerso en su labor de pulir vasos. Después de unos segundos, decidí jugar su juego, al final parecía que en el hotel todos tenían un rol que interpretar.

—Bien Max, ¿por qué Max es su nombre, cierto?

—Así es señor y estoy para servirle.

—Bien, sírveme una cerveza por favor.

—En seguida.

Max me ofreció un tarro, pero preferí la botella.

La puerta del bar se abrió y entraron los tres suje-
tos que habían descendido del camión. Se sentaron en
una mesa junto a la rockola. El tipo alto me saludó con
la cabeza y me preguntó desde su lugar.

—¿Ya mejor?

Yo levanté la botella en señal de salud y le di un
trago.

El hombre asintió y se sentó con sus compañeros. Max corrió con sus pasitos de ratón a tomarles la
orden, regresó a la barra y les llevó una botella de
Chartreuse con tres vasos. El tipo alto sirvió a sus
compañeros y se pusieron a beber en silencio.

Yo hice un gesto de extrañeza con los labios y seguí
bebiendo mi cerveza.

—¿Max?

—¿Qué le ofrezco señor Sinclair?

—La huésped que estuvo ayer aquí en el bar, la
que se hospeda en la habitación seis, ¿dónde está?

—¿La habitación seis? Bueno, esa habitación está
reservada para la señorita Alondra, pero tiene meses
que no ha venido al hotel.

—Okey, okey, Max, ya veo que eres bueno en esto
de las bromas.

—¿Qué bromas señor Sinclair?

—Maximiliano ya corta con eso.

—Por favor, no me llame por ese nombre dígame sólo Max.

El cantinero parecía contrariado, permaneció callado sin levantar la mirada limpiando vasos.

«Quizá si es un excelente actor después de todo», me dije.

Yo quería saber qué estaba pasando en el hotel, por qué había encontrado fotos de hace décadas y Fabiano no había envejecido. Por qué había tenido las visiones tan escalofriantes con la tal Alondra o en mi baño. Qué era ese túnel a un costado del altar de la capilla. Por qué todos se comportaban de maneras tan extrañas y cambiantes. Incluso quería saber quiénes eran esos extraños huéspedes que acaban de llegar. Si Max quería jugar a la amnesia yo jugaría al inocente y veríamos quién se saldría con la suya.

—Dame otra cerveza Max. Dime una cosa, ¿quiénes son esos huéspedes?, parecen clientes frecuentes.

—Bueno señor Sinclair, no me está permitido hablar de otros huéspedes, pero como el doctor Norsvakuck le devolvió el brindis le diré, que son parte de nuestra distinguida clientela que vienen al hotel cada año al gran banquete.

—¿Al gran banquete?

—Es la celebración más importante del hotel, la conmemoramos cada veintiuno de septiembre.

—Vaya, pero estamos a veinte de agosto.

Max estalló con su risilla de hiena, jamás hubiera pensado que me gustaría escuchar esa risa chillona y hueca, pero fue lo primero que me resultó familiar de aquella noche.

—Señor Sinclair, veo que usted es muy simpático.

—Ahora soy yo el que no entiende la broma Max.

—Pues que mañana es veintiuno de septiembre y usted afirma que es agosto, eso me resulta muy simpático.

—No estarás hablando en serio Max.

Max me miró interrogante. Volví a escudriñar su rostro en búsqueda de alguna señal que por fin lo delatara, incluso noté un extraño detalle, la cicatriz en forma de estrella que le había visto a la altura de la sien se había movido, ahora estaba en su frente disimulada por su cabellera. Era imposible que una cicatriz cambiara de lugar, pero la prueba estaba frente a mis ojos. ¿Me habría confundido la noche anterior? No... No cabía duda, el hombrecillo detrás de la barra era el mismo Max de ojillos nerviosos e imprecisos que parecían estar viendo un enorme vacío.

—Bien Max, pues creo que debo estar perdiendo la cabeza, pues yo puedo afirmarte que llevo dos noches aquí y que sin lugar a duda hoy es veinte de agosto porque hace dos días, el dieciocho de agosto hice el negocio más grande de mi vida y me resultaría imposible olvidar la fecha.

—Señor Sinclair, su voz, el tono, la manera tan segura de cómo afirma las cosas, es realmente convincente, ¿es usted actor?

—Basta de esa mierda Max.

Max me volvió a mirar como si no entendiera mis palabras. Yo me estaba enfureciendo.

—A ver, dices que no me conoces, ¿dime Max, el alcohol te causa amnesia? Ayer nos bebimos una botella de mezcal y platicamos durante horas.

—Señor Sinclair, eso es imposible por dos razones, la primera es que no bebo alcohol, la segunda es porque ayer no estuve en turno.

—¡Basta de estupideces! —dije dando un fuerte golpe sobre la barra.

Max dio un salto hacia atrás, el doctor Norsvakuck y sus dos acompañantes me miraron sorprendidos, Raúl volteó, incluso por un momento sentí que la música en la rockola se había detenido. Levanté la mano en señal de disculpa y me encogí en torno a mi cerveza.

—Max... es imposible que me digas que ayer no estuviste aquí.

—Perdóneme señor Sinclair, pero yo llegué esta tarde con el joven Fabiano un fotógrafo amigo de la señorita Mercedes.

Sentí que la sangre me volvía a subir a la cabeza, pero esta vez controlé las ganas que tenía de zarandear al miserable hombrecillo y me limité a terminarme la cerveza de un trago.

La puerta del bar se abrió, era Fabiano envuelto en un gazné, saludó con familiaridad al trío que bebía Chartreuse, me sonrió, besó a Raúl y levantó la mano para ordenar una bebida. Max corrió a su encuentro. A los pocos minutos la puerta se volvió a abrir y entró una pareja de cincuentones, muy bien vestidos, él con un traje gris oscuro a cuadros y corbata, ella con un vestido largo y una chalina de encaje y lentejuelas negras. Los recién llegados se sentaron en otra mesa y también pidieron de beber.

De pronto, el solitario hotel estaba lleno o al menos así me parecía después de las dos noches anteriores. Yo los observaba a todos de reojo, todos bebían en silencio, incluso Fabiano y Raúl a los que recordaba bastante extrovertidos y cariñosos.

—Bien, Max no terminaste de platicarme ese asunto del gran banquete.

—Bueno señor Sinclair, es nuestra gran fiesta.

—Si eso me dijiste, pero ¿cómo la celebran?

—Bueno —dijo nervioso—, no nos está permitido hablar.

—Me dices que es la celebración más importante del hotel y ¿no me puedes decir nada?

—No puedo, no... lo que pasa...— su nerviosismo crecía. —Es que el guardián no nos lo permite.

—¿El guardián?, ¿te refieres al negro del impermeable?

Max sonrió desviando la mirada.

—Y qué hace exactamente ese sujeto, ¿no es un jardinero?

—Bueno, bueno... Él cuida que todo esté en orden, que el día sea el adecuado, que la ceremonia de liberación se realice sin interrupciones.

—Max, ¿te estás escuchando? ¿Ceremonia de liberación?

Max comenzó a tamborilear los dedos y a mirar de un lado a otro como un ratón encerrado.

—Oye Max —insistí como el gato que no quiere dejar libre a su presa—, no harán nada ilegal ahí dentro, ¿verdad?

—No, no, señor Sinclair, no es lo que piensa, es todo lo contrario, las canciones, las bebidas, todo tiene un significado diferente al que uno pensaría a simple vista, incluso la comida...

«La comida», pensé. Algo sucedió en mi mente que dejé de escuchar las explicaciones del cantinero y caí en cuenta que llevaba días sin comer, pero extrañamente no sentía hambre.

La rockola que había permanecido un rato en silencio comenzó a sonar. Era una canción de Led Zeppelin, *Stairway to heaven*. Por alguna razón la música sonó distinta, como si las notas se adueñaran de todas las conversaciones y pensamientos en la cantina. Me quedé callado, escuchando y bebiendo.

There's a sign on the wall, but
she wants to be sure

'Cause you know sometimes words

have two meanings.

Le di un largo trago a mi cerveza y me di cuenta de que perdí el interés en la conversación con Max. Me quedé en silencio bebiendo en ese extraño ritual al que sin pretenderlo me había integrado. La impersonalidad del silencio se fue sustituyendo por una sensación de desasosiego que no había sentido hace meses. Nadie platicaba, todos estaban inmersos en sus propios asuntos, se podía notar por sus miradas ausentes y los tragos largos y pausados que les daban a sus bebidas. Alguno de pronto se acariciaba el mentón como si reflexionara, mientras otro afirmaba con la cabeza y otro más se encogía de hombros. Era la habitación más callada, pero con las conversaciones más profundas en la que había estado.

Olvidé dónde me encontraba, olvidé las ganas de preguntarle a Fabiano sobre la fotografía, incluso olvidé la urgencia que tenía de huir, me quedé un rato dejando que mi mente saltara de un lugar a otro hasta que vino a mi mente la imagen de Raquel. Recordé los tiempos en los que era feliz y como se fueron a la mierda en un solo instante. Miré mis recuerdos alejarse, guardarse como fotografías en un álbum viejo, destinado a la oscuridad de una estantería olvidada. Me pareció un cliché, pero era cierto, los meses que pasamos juntos antes del incendio, fueron los mejores de mi vida. Entonces pensé, ¿qué sentido tenía todo lo que estaba haciendo? Nada que pudiera hacer me la regresaría. Nada traería de vuelta las caminatas por el parque, las veces que cocinábamos sin mucho éxito o las mañanas en las que despertaba antes del amanecer para fumar un cigarro mientras la veía dormir abrazada a las almohadas.. La venganza era una carga tan pesada que de pronto dudé si valía la pena seguir llevándola a cuestas. ¿A dónde llegaría con todo esto? ¿Ver a Antoinne Miller destruido me haría feliz? Recordé la sonrisa de Will y brindé por él. ¿Qué ganaría si seguía huyendo? ¿Qué vida podría tener después de todo esto? ¿No sería mejor perderse? ¿No sería mejor quedarme en este hotel para siempre?

Ese último pensamiento pareció resonar en mi interior como voces que hacían ecos en mi mente. Sentí una imperiosa necesidad de levantar la cara y cuando lo hice noté que todos en la habitación me miraban, incluso Max había dejado de limpiar los vasos y tenía sus ojillos clavados en los míos. Sin saber por qué, levanté mi cerveza a manera de brindis y todos en silencio respondieron levantaron sus bebidas, tomaron un trago sin quitarme los ojos de encima y luego regresaron a sus propias cavilaciones.

—Quedarme en este hotel… —repetí en un susurro mientras regresaba la mirada a la botella de cerveza.

Las niñas

Salí del bar y caminé hacia mi habitación. La noche seguía fresca y clara, había luna llena. Escuché el canto de algunas aves, miré hacia el corredor donde estaban las habitaciones de servicio y me pareció que el piar y los trinos provenían de las jaulas vacías, pero otro sonido áspero y repetitivo me distrajo, miré hacia el segundo piso y descubrí al hombre del impermeable barriendo el corredor. Desde ese ángulo parecía un gigante delgado y un poco encorvado, su piel oscura se perdía en la penumbra, sólo su barba blanca resplandecía con la claridad de la noche, me pareció un fantasma condenado a barrer el balcón eternamente.

Seguí mi camino, esa noche el hotel me pareció más calmo, a pesar de la penumbra en sus corredores había algo que me reconfortaba. Pensé que podía regresar al jardín a fumarme un último cigarrillo, quizá me reencontraría con Mercedes, pero desistí, por alguna razón prefería estar solo.

Cuando llegué al mural de los niños persiguiendo al perro en lugar de girar a la izquierda, seguí caminando por un corredor que hasta el momento no había explorado, un letrero en la pared señalaba que en esa dirección estaban las suites. Llegué al final, a la izquierda había un pasillo y a la derecha una puerta de madera con una ventana de cristal con un letrero de madera que decía: alberca.

Abrí la puerta, adentro la temperatura era tibia y húmeda, a la derecha había un cuarto con *lockers*, noté que todos estaban cerrados, excepto uno. Seguí caminando hasta una puerta de doble abatimiento con ventanas circulares. Miré antes de entrar, pero los cristales estaban empañados, así que las empujé.

La habitación me sorprendió. Era más grande de lo que esperaba, la pared a mi izquierda estaba completamente cubierta con mosaicos blancos de motivos florales que me recordaban a las blusas bordadas por las indias chiapanecas con las que había visto a Juana Ontiveros de Mendoza. La alberca era grande, más para un hotel en el desierto, tenía ocho carriles de nado, se veía profunda y tenía al menos veinticinco metros de largo, pero lo más peculiar era el piso, todo el borde era de mármol rosa que contrastaba con los mosaicos azules al fondo del agua.

Había unos camastros de madera a la derecha y al fondo una barra de lo que suponía era un bar. El agua se veía tan clara y la temperatura era tan agradable que me dieron ganas de darme un chapuzón. Había un letrero que marcaba el horario de uso de la alberca, de 7 am a 8 pm, y aunque ya estaba fuera de horario ¿Qué pasaría si me descubrían? Sonreí disfrutando anticipadamente mi nueva travesura. Me desvestí y acomodé mi ropa sobre uno de los camastros, dentro del pantalón de mezclilla dejé la pistola, los cigarros, las pastillas y el sobre, encima puse mi playera y mis zapatos, y sin pensarlo más me aventé al agua.

Estaba mucho más fría de lo que había pensado, sentí que todos los músculos de mi cuerpo se tensaban y que los pulmones se me oprimían, pero después de dos o tres brazadas, la temperatura me comenzó a parecer más agradable. Nadé por debajo del agua hasta que se me acabó el aire, salí a respirar y me volví a sumergir. A la mitad de la alberca vi que los mosaicos formaban una gran flor de color negro que tenía en el centro una calavera, sonreí, hasta en lo más profundo, el hotel se mantenía fiel a sus extravagancias.

Crucé el resto de la alberca y salí en el otro extremo. Miré toda la estancia en espera de que alguien me hubiera descubierto, pero para mi decepción, mi travesura había pasado inadvertida.

Volví a nadar, esta vez de crol y a toda velocidad. Llegué al final aún con fuerza, di una maroma, cambié de dirección y seguí nadando con todas mis fuerzas. Cuando llegué al final de la alberca sentí el cuerpo caliente y los pulmones contraídos, el *sprint* me había agotado, por lo que me detuve a recuperar el aliento. Miré hacia la entrada de la habitación y percibí que había tres puntos borrosos, como siluetas paradas al fondo. Me limpié con las manos el exceso de agua para poder ver mejor y distinguí que había tres figuras infantiles con unas extrañas máscaras. Traté de aguzar la mirada, pero una de las lámparas del techo me iluminaba la cara, por lo que tardé en enfocar.

Eran tres niñas que me miraban fijamente. Una tenía una máscara de quetzal, otra una de iguana y la tercera llevaba una de un animal repugnante, al parecer un tlacuache. Las tres tenían vestidos lisos y largos hasta las rodillas con algunos bordados de colores. Yo las miré con cierta preocupación, no esperaba reencontrarlas ahí y menos estando yo nadando desnudo.

—¡Hola chicas! —dije mientras levantaba la mano.

Las niñas estaban paradas a un costado del camastro en el que había dejado mis cosas. Yo me quedé esperando alguna respuesta, pero se quedaron ahí, inmóviles como estatuas.

—¡Es un poco tarde señoritas, deberían de regresar con sus papás!

La niña con la máscara de tlacuache ladeó la cabeza y sin despegarme la mirada se inclinó y esculcó mis cosas en el camastro.

—¡Oye niña! ¡Deja esas cosas!

Pero la niña con máscara de tlacuache de pronto tenía mi revolver en la mano.

—¡Oye! ¡Oye! ¡Deja eso! —grité angustiado.

La niña volvió a torcer la cabeza, ahora hacia el otro lado, levantó la pistola y apuntó hacia la niña de la máscara de quetzal.

—¡No! ¡Espera eso no es un juguet…

Una detonación corta y sórdida rebotó por las paredes de la habitación. El disparó acertó en la sien de la niña y del otro lado de la máscara se esparció una nubecilla rosa con plumas teñidas de rojo que descendían poco a poco sobre una mancha de sangre y sesos que había salpicado el piso y el camastro. La niña, parecida a una muñeca de trapo, se desplomó hacia un costado y rodó hacia la alberca.

—¡Nooo!

Grité con todas mis fuerzas, di media vuelta y me impulsé con los brazos para salir del agua, pero cuando volví a mirar, las niñas habían desaparecido. Me quedé congelado, ¿dónde estaban?

Corrí hacia el camastro, todo había sido tan real que no podía ser otra alucinación, era imposible, aún podía escuchar el zumbido en mis oídos del disparo. Llegué hasta el camastro y en efecto, no había rastro de las niñas, ni de la sangre en el piso, mis cosas estaban intactas, pero al mirar hacia la orilla de la alberca me quedé paralizado. Flotando sobre el agua, estaba la máscara del quetzal. La saqué y observé que tenía un pequeño orificio en la sien izquierda y otro un poco más grande en la derecha. Dejé caer la máscara y bus-

qué mi revolver, el cañón estaba caliente, abrí el tambor y saqué las balas.

—¿Pero cómo carajos sucedió esto? —dije en un
susurro.

Sobre la palma de mis manos había seis balas, cinco intactas y una recién percutida.

Recuerdos

LOS RAYOS DEL SOL me despertaron. Las pastillas habían hecho su efecto, porque sin ellas me hubiera sido imposible conciliar el sueño, el adormilamiento que me causaban tardaba varios minutos en desaparecer. Cada día que pasaba, amanecía más cansado, sentía la hinchazón de mi cara y el pesar en el cuerpo. Me senté al borde de la cama y traté de poner mis pensamientos en orden. No era una persona supersticiosa, pero lo que estaba sucediendo en el hotel estaba poniendo en duda mi cordura y mis creencias. Es cierto, es más fácil negar todo aquello que no podemos explicar, pero ¿qué pasa cuando se vive en carne propia algo incomprensible? ¿Cómo lo ignoramos? ¿Cómo convencernos que una evidencia es una ilusión? Cualquier de las dos conclusiones a las que podía llegar me estremecían: el hotel verdaderamente tenía vida, o yo estaba perdiendo la cabeza.

La noche anterior había regresado a mi habitación como un niño asustado y me había pasado más de dos horas jugueteando con las balas en mi mano. Recordaba cada detalle con una claridad escalofriante. No había rastro de las niñas, ni de la sangre, ni de las voces, pero ¡tenía la bala percutida en las manos!

Lo primero que me vino a la mente, mientras masticaba el amargo sabor de mis pastillas, era que estaba enloqueciendo pero esa vez tenía una prueba y entonces cómo explicar todo lo que me había sucedido la noche con la mujer de la habitación seis, la puerta del hotel que me impedía salir, las voces en los corredores, las presencias en la biblioteca, los cambios en la decoración de las habitaciones, incluso la longevidad de Fabiano, todo me parecía imposible, pero de alguna manera estaba sucediendo.

Miré hacia el baño con cierto temor, no quería otra alucinación, no quería volver a sentir mi cuerpo cundido de lodo, sangre y alimañas.

—¡Demonios! ¡No soy un puto cobarde! —grité.

Me levanté, entré al baño, abrí la llave y cerré los ojos. Como siempre, las tuberías vibraron. Escuché el chorro de agua salir del grifo, cuando supuse que el agua turbia había salido, junté las manos y me eché varias veces agua en la cara, respiré y abrí los ojos.

Ahí estaba mi reflejo, desalineado, con el cabello revuelto, ojeroso y con una cortada arriba de la ceja derecha, pero no había gusanos, ni ciempiés, ni sangre, ni fantasmas en el reflejo. Volví a respirar, esta vez más profundamente. Llevaba días con la misma ropa, me sentía sucio. Miré hacia la bañera. Abrí la llave, la tubería también vibró, salió un poco de agua turbia, pero se aclaró casi al instante. Me metí con todo y ropa, dejé que el agua fría terminara de despertarme. Tomé un jabón y me tallé el cuerpo y la ropa, primero despacio, casi reconociéndome, después comencé a enjabonarme con más fuerza hasta perder el control. Me tallaba frenéticamente, trataba de limpiarme el miedo, la impotencia, el odio, la revancha y las culpas. Cuando me di cuenta estaba sentado con la cabeza entre las rodillas llorando.

—Perdóname Raquel, perdóname... —repetía entre sollozos.

Las pastillas podían ayudarme a evitar las pesadillas y alucinaciones, aunque no podían borrar mi pasado y yo cargaba con recuerdos que dolían tanto...

Recuerdos (Damián)

EL MESERO ME LLEVÓ hasta una pequeña mesa circular en la terraza. Pedí una cerveza y me senté a disfrutar del espectáculo. El Muelle 22 presumía tener la mejor vista de Cabo San Lucas y no se equivocaban. En la terraza se podía apreciar una de las mejores postales de la bahía, el mar bañando con sus aguas azul profundo, las playas rematadas por las maravillosas formaciones rocosas en la que se podía apreciar el famoso arco de Los Cabos y el sol tiñendo los añiles del cielo con rosas y escarlatas en lo que se decía era uno de los atardeceres más hermosos de México. El mesero me trajo la carta y mientras decidía qué ordenar noté que, en la mesa a mi izquierda, había una mujer solitaria. Llevaba unos shorts ajustados con los que lucía sus largas piernas, usaba tacones altos y una blusa holgada que dejaba sus hombros al descubierto. Tenía el cabello lacio y oscuro, recogido en una cola de caballo y usaba grandes lentes de sol. Parecía que tenía rato esperando, su piña colada estaba medio vacía y en el cenicero había tres colillas de cigarrillos. Ordené un ceviche y mientras esperaba la comida la miré varias veces de reojo, era una mujer verdaderamente atractiva, intenté hacer contacto visual, pero no lo logré, la mujer se limitaba a fumar, darle pequeños sorbos a su piña colada y mirar ocasionalmente el reloj.

Yo estaba en Los Cabos asistiendo a un congreso de seguridad al que me habían mandado de la empresa en la que trabajaba. El evento era aburridísimo, ponencias, mesas panel y algunas demostraciones. Había personas legítimamente interesadas, pero la gran mayoría asistía a un par de eventos y el resto del tiempo usábamos el congreso como un pretexto para emborracharnos en México. Para mi fortuna, el tema por el que me habían mandado se resolvió el primer día; una serie de demostraciones de un nuevo tipo de cerradura alemana que se pensaba comercializar en toda la unión americana. El tema de la seguridad había llegado a mi vida de manera fortuita y poco a poco le había cogido interés, aunque en el fondo había sido la única manera que había encontrado de ganarme la vida sin meterme en problemas después de salir de la cárcel.

Mi juventud temprana había sido caótica, la orfandad no me había sentado nada bien y desde niño fui lo que describen como un niño problema. No lo puedo explicar, siempre tuve una extraña fascinación por los riesgos. No me complacía robar dinero a mis padres adoptivos para tener unos cuantos dólares para gastarlos, lo que me emocionaba era el riesgo de ser descubierto. Así había sido con los pequeños hurtos de lunch o pequeños objetos en la secundaria, con el robo de exámenes o falsificación de firmas en la preparatoria, o confeccionar nuevas maneras de trucar los controles del bar en el que había obtenido mi primer empleo.

La emoción por lo prohibido me hizo ir escalando poco a poco en los riesgos, me gustaba "tomar prestadas" las cosas por ciertas horas y luego devolverlas, fui arriesgándome cada vez más hasta que un día llegó un ricachón al bar en el que trabajaba y decidí tomar prestado su Ferrari 250 GTO por una par de horas. Era un auto estupendo, anduve por toda la ciudad coqueteando con las muchachas que me encontraba por las calles y jugando a los arrancones. La persecución que vino después fue el tema de conversación de mis amigos durante semanas, cuatro patrullas me persiguieron por toda la avenida Broadway, la persecución continuó hasta las afueras de la ciudad, burlé varias encrucijadas y en una calle casi sin tráfico en la que les pude sacar una amplia ventaja a las patrullas que me perseguían, dejé el Ferrari debajo de un puente, me cambié la playera, me quité la gorra y los lentes y salí caminando en sentido contrario. Mi plan había salido de maravilla hasta que una señora que había visto todo mi número sin que yo me diera cuenta, le dio todas las referencias a la policía y a los dos días de disfrutar mi gloria, dos detectives golpearon a la puerta de la casa de mis padres adoptivos.

Mi padrastro que era el esposo de la hermana de mi madre, un cubano charlatán e hijo de puta, se desvivía diciendo que estaba harto de mí. A pesar de los reclamos y amenazas de mi tía, no hizo nada por defenderme, permitió que me llevaran detenido para enfrentar los cargos por robo de un automóvil de lujo interpuestos en mi contra por un grupo de abogados que representaban a un tal Mr. Miller.

El juez me sentenció a diez años de prisión. «¡Diez años por un paseo!», me dije. Cuando me llevaron esposado por el pasillo de la corte y vi a mis padres adoptivos, mi tía rompió en llanto mientras mi padrastro negaba con un gesto grave y reprobatorio mientras me decía:

—Mira cómo nos arruinaste la vida.

No contesté, sólo decidí que a partir de ese momento no los volvería a ver jamás.

Durante los años que pasé en prisión aprendí a sobrevivir en un mundo salvaje en el que eran más peligrosos los custodios que las bandas de negros o mexicanos. Yo tenía raíces latinas, pero mi piel era blanca, por lo que no me fue fácil identificarme con ningún grupo. Intenté con los mexicanos, pero no me bajaban de "gringuito putito", con las bandas de asiáticos y negros tampoco había mucha opción; sin embargo, encontré refugio con los italianos por una casualidad. Estábamos en el comedor cuando vi que "Costello", un italiano, llevaba una punta de metal afilada escondida bajo la manga, iba directo hacia "la Sombra", el líder del grupo más grande de negros y que controlaban el tráfico de droga, alcohol y cigarros dentro de la cárcel. El asesinato fue rápido y brutal, Costello le clavó en menos de un abrir y cerrar de ojos más de cinco veces la punta en la garganta. La Sombra se levantó como una fuente de sangre, giró un par de veces soltando manotazos hasta que se desplomó. El asesinato pasó justo frente a mis ojos, Costello dejó caer la punta que rodó hasta mis pies. Yo reaccioné y la jalé con la suela de mi zapato para esconderla antes de que los custodios llegaran dando macanazos para apaciguar la golpiza que se había armado. Me tuvieron semanas en los separos interrogándome, pero no abrí la boca. En la cárcel todo se termina sabiendo, y los italianos vieron en mi reacción y mi silencio un destello de honor, por lo que me adoptaron y así me evité decenas de humillaciones, golpizas y violaciones en las duchas.

Todos teníamos trabajo qué hacer y a mí me asignaron el más aburrido de todos, me enviaron a la biblioteca. Las primeras semanas acomodando libros y trapeando los pisos de un lugar que casi nadie visitaba fueron un infierno, pero al paso de los días hice lo que naturalmente hace toda persona confinada a un espacio como ese: abrí un libro. Así pasé los siguientes seis años de mi vida: limpiando anaqueles, haciendo pesas, aprendiendo a defenderme, escuchando historias de atracos y leyendo libros.

Salí de la cárcel a los seis años y dos meses con cuatro días, el juez dictó la liberación anticipada por buena conducta y de pronto estaba libre, sin empleo y sin un dólar en las bolsas. Como a todos los exconvictos, reincorporarme al *american way of life* me fue complicadísimo, en ningún lugar me querían dar empleo y donde lo podía obtener, era con jornadas de abuso y pagas irrisorias. Pasé otros tres años trabajando en empleos mediocres intentando no partirle la cara a cada nuevo jefe que tenía. Cada noche que llegaba molido del trabajo me quedaba largas horas mirando el techo de la pocilga en la que vivía y me preguntaba hacia dónde estaba yendo mi vida. Sabía de algunos camaradas de prisión que habían formado una pequeña mafia en San Francisco que se había vuelto en poco tiempo muy poderosa. Un día que casi le muelo la cara a golpes a un calvo gritón que tenía por jefe, decidí llamarles.

De inmediato me abrieron las puertas de su organización, necesitaban más hombres, pero sobre todo tipos inteligentes que les ayudaran a controlar el mercado. No lo dudé, hice una pequeña maleta en la que cabían todas mis pertenencias, salí del cuchitril que tenía por casa y me fui hacia la estación de autobuses.

De camino a la estación pasé por la casa de mis padres adoptivos, era muy temprano, aún no amanecía. Decenas de veces había recibido la visita de mi tía en la cárcel, pero siempre me negué a verla. Pensé en tocar la puerta y darle un abrazo de despedida, aunque si de casualidad llegaba a abrir el cubano la cosa se iba a poner bastante fea y mejor opté por dejar una flor en el parabrisas de la camioneta Ford Wagon y pinchar las cuatro llantas del Plymouth que tanto cuidaba ese hijo de puta.

Desayuné en una cafetería que estaba a dos cuadras de la estación. Pedí un café y unos huevos con tocino. Comí sin prisas, cuando terminé y pedí la cuenta un tipo bajito de bigote y lentes de fondo de botella se paró junto a mi mesa y me dijo:

—Damián, ¿eres tú?

Yo asentí con desconfianza, pero el hombrecillo me abrazó muy efusivamente mientras decía:

—¡Qué gusto verte! ¿No me reconoces? ¡Soy Will!

Will había sido el primer amigo que había tenido cuando me había mudado con mis padrastros. Era un niño bajito que no sabía andar bien en bicicleta, pero era experto en cómics y en reparar juguetes. Habían pasado más de veinte años sin verlo, pues a los pocos años de conocerlo se había mudado con sus padres a otra ciudad más al norte. Mantuvimos contacto por correspondencia por un tiempo, pero como es normal, al entrar la adolescencia cada quién siguió su camino y nos perdimos la pista.

—¿Qué haces aquí, a dónde te diriges?

Extraño en mí, quizá por la sorpresa, la nostalgia o la decisión de dejar todo atrás comenzamos a platicar, para cuando me di cuenta ya era el medio día.

—Así que por eso te vas a San Fran.

Asentí.

—Bueno, te va a parecer una locura, pero es posible que haya un empleo para ti en la compañía que trabajo.

—¿A qué se dedica la compañía?

—Somos una empresa dedicada a la seguridad.

—Vamos Will, soy un exconvicto, ¿cómo podrían contratarme en un lugar así?

—Precisamente por eso, verás, los dueños están algo locos y una persona que pueda poner a prueba la efectividad de sus productos les vendrá de maravilla.

—Pero Will, yo no sé nada de sistemas o cajas de seguridad.

—Bueno, eso no se los vamos a decir al principio, ¿qué dices? ¿Te animas a ir a una entrevista? La paga no es nada mala y puede ser que en poco tiempo podamos iniciar un negocio juntos, esta vez no será la tienda de cómics con la que soñábamos de niños, pero si juntamos algo de dinero podemos iniciar algo muy lucrativo.

Recuerdos
(Vecinos de mesa)

LA IDEA DE WILL ERA ABRIR una agencia de seguridad, un negocio que iba en franco crecimiento y del que se podían hacer millones. Sólo necesitábamos ciertas certificaciones que serían más fáciles de obtener teniendo experiencia en el ramo.

Yo no había comprado el boleto y fue tanta su insistencia que lo acompañé a la empresa, para mi sorpresa me dieron el trabajo sin muchas preguntas y la paga era efectivamente buena. Según los cálculos de Will en tres años tendríamos la inversión requerida para obtener las certificaciones y montar el negocio. Comencé en el área de instalación de alarmas y cajas de seguridad, pero la afición por la lectura que había desarrollado en la cárcel me hizo leer varios libros especializados que tenían arrumbados en la empresa y manuales de protocolos que me dieron las herramientas para ser cada vez mejor en lo que hacía: un ladrón con número de seguridad social, pagas quincenales, bonos y vacaciones. Will estaba en un área técnica, se dedicaba a construir o reparar ciertas piezas o mecanismos y aunque en nuestro día a día laboral rara vez nos veíamos, fuera de la empresa retomamos nuestra amistad.

Pasaron tres años, entre la rutina laboral, beber cerveza después de las 5 de la tarde en el bar de la esquina, jugar partidos de beisbol los sábados y parrilladas los domingos viendo la NFL y poco a poco me volví un experto en sistemas y protocolos de seguridad, no tenía las credenciales académicas, pero sí un talento nato. Respecto al proyecto de la agencia de seguridad, las cosas no habían salido como las habíamos planeado porque ni sumando los ahorros de Will con los míos juntábamos la mitad de la inversión que necesitábamos.

Fue así como llegó la invitación de participar en un congreso en México. Me despedí de Will sin decirle que había vuelto a tener contacto con la gente de San Francisco y que había decidido utilizar mis conocimientos en algo mucho más lucrativo, la banda de italianos exconvictos había crecido y ahora mantenían control de la distribución de drogas y armas en california y necesitaban a alguien de confianza que los ayudara a proteger las casas de seguridad en las que guardaban mercancías y dinero.

Tomé el vuelo a Los Cabos, me instalé en el hotel y me preparé para ir a la sala de exhibición. Terminé todo el trabajo que tenía que hacer en el primer día y para mi sorpresa el congreso duraría otros seis días, así que la empresa me había pagado unas vacaciones en Cabo San Lucas, antes de mi renuncia.

Salí de la expo y caminé por el pueblo, había una magia muy particular en el lugar. Pregunté por un buen lugar para tomar una cerveza y al escuchar mi acento chicano me recomendaron uno de los lugares más caros del pueblo: El Muelle 22. Usualmente no me hubiera metido a un lugar así, pero llevaba los gastos pagados, miré la carta y me sorprendí por los precios, a pesar de ser un sitio lujoso, los precios en México comparados con los de California era verdaderamente baratos.

Pedí una cerveza, le di un largo trago y me quedé disfrutando de la vista, luego paseé la mirada por el restaurante y fue cuando la vi. Era evidente que la mujer de los shorts y las largas piernas esperaba a alguien y por lo visto era habitual que se encontraran en aquel lugar porque alcancé a escuchar que el mesero le decía:

—Señorita González, otro atraso.

—Sí Joaquín, así parece...

—Ay señorita, no puedo entender cómo ese fulano, por importante que sea, puede dejar esperando a un mujerón como usted.

—Eres un bello Joaquín.

—¿Otra piña colada? Puedo decirle al cantinero que la prepare doble. La señorita González rio y dijo:

—No querido, creo que me acabo ésta y me voy.

—Bien hecho, usted es demasiado para ese tipo.

Joaquín se retiró fingiendo una severa indignación, yo miraba la escena y me preguntaba cómo hacían los homosexuales para lograr esa conexión, sobre todo con las mujeres más guapas.

—Escuché que ya no quería otra piña colada, mi coartada para hacerme el galante se acaba de ir por el piso y ahora no tengo idea de cómo abordarla.

La señorita González se me quedó mirando, hizo una ligera mueca parecida a una sonrisa, vio su reloj, se levantó y se fue sin decir nada.

Yo me quedé con la sonrisa congelada, mirando cómo la mujer de las hermosas piernas se marchaba sin mirar atrás. Encontró a Joaquín a la mitad del trayecto de salida al restaurante, le dio un billete, le dio un beso en la mejilla y se marchó en un Cadillac negro conducido por un chofer que no dejaba de hacer y deshacer nudos con una soga.

Cuando se fueron llamé al tal Joaquín, le di otro billete y le pregunté por la misteriosa señorita González.

—Señor…

—Sinclair

—Mire señor Sinclair, yo le recomendaría no acercarse mucho a esa mujer, se lo juro por la virgen. Raquel es un ángel, pero le pertenece al diablo.

Al día siguiente fui a la expo para hacer tiempo y cuando dieron las tres de la tarde me fui al Muelle 22. Pedí la misma mesa, pero no había señales de Raquel. Era evidente que solía ser una cliente habitual por la familiaridad con la que platicaba con el mesero, pero era muy absurdo de mi parte pensar que la encontraría en el mismo lugar. Un tanto decepcionado pedí un tequila, que bebí de un trago, para pedir otro. Me quedé un rato perdido en mis pensamientos, y cuando decidí que probaría suerte en otro bar, escuché el repiqueteo de unos tacones sobre el piso de madera. Cuando volteé vi a Raquel caminando hacia la misma mesa, esta vez llevaba un vestido negro entallado con unos tacones dorados. Cuando me vio fingió ignorarme, se sentó, prendió un cigarrillo y cruzó sus largas piernas.

Joaquín se acercó para tomar la orden, pero antes de que llegara con Raquel, levanté la mano y le dije:

—Joaquín, me traes una piña colada por favor, pero que sea doble.

El mesero se quedó sorprendido, apuntó en su comanda y se acercó a Raquel para preguntarle qué le apetecía:

—¿Qué va a tomar señorita?

Raquel le dio una larga fumada a su cigarrillo, miró el reloj y dijo:

—Joaquín creo que quiero un tequila, también doble.

Me miró y por primera vez sonrió.

Durante los siguientes días nos vimos diariamente en el mismo restaurante, cada uno debía estar en su propia mesa, pues como me explicó Joaquín, "el Sogas" era un tipo que además de ser chofer y escolta de Raquel, era un sicario, experto en hacer nudos, atar y torturar, yo no era muy impresionable, la prisión hace que se le pierda miedo a ciertas amenazas, pero lo que realmente me intrigaba era saber quién era el misterioso tipo que debía esperar Raquel.

Nuestras conversaciones fueron evolucionando de las más superficiales y triviales a las más personales. Yo me sentía atraído por aquella misteriosa mujer y por lo visto a ella le divertía el juego de encontrarnos y platicar de mesa a mesa como dos discretos amantes. Así le conté parte de mi pasado, de mis tribulaciones juveniles, de mi primer trabajo, incluso le comenté que había estado en la cárcel y cómo había terminado convirtiéndome en un experto en sistemas y protocolos de seguridad. Ella tardó un poco más en abrirse, pero cuando lo hizo no escatimó en detalles; me contó que era de Guadalajara, que toda su vida había soñado con ser bailarina de ballet, pero la vida le había pegado duro a sus sueños y había terminado bailando en otro tipo de espectáculos; en uno centro de entretenimiento para caballeros donde conoció a su actual patrocinador, quien la había sacado de los cabarets a cambio de una considerable suma de dinero al mes y por supuesto, de su exclusividad.

El sexto día, llegué al restaurante un poco más temprano, pedí un mojito y esperé que llegara Raquel. Cuando al fin apareció la saludé con una sonrisa, pero ella no respondió, fue entonces que la vi por primera vez acompañada. No venía en el Cadillac de siempre, sino en un Ferrari rojo con un sesentón de cabello rubio peinado hacia atrás. Cuando Joaquín los miró su rostro cambió, parecía nervioso, corrió hasta la mesa y desviviéndose en bienvenidas les preguntó:

—Para la señorita una piña colada y para el señor, ¿qué le apetece?

—Los dos vamos a tomar vino blanco. Trae el mejor que tengan.

—De inmediato señor Miller.

Escuché el nombre y me quedé muy quieto, giré el cuerpo de tal manera que pareciera que era indiferente, pero que me permitiera escuchar discretamente su conversación.

Me parecía demasiada coincidencia, al principio platicaron de cosas triviales, yo me levanté al baño y en el camino miré hacia afuera y vi que el Ferrari que estaba estacionado en la puerta del restaurante era el mismo modelo que años atrás había tomado prestado para un paseo. ¿Qué posibilidad había de que el tipo sentado con Raquel fuera el mismo hijo de puta que me había mandado seis años a la cárcel?

Regresé a mi mesa y seguí escuchando, ahí supe su nombre, Raquel lo llamaba Antoinne. El tipo me pareció un engreído, le reprochó algo sobre su vestimenta y luego se la pasó en un monologo sobre los favores políticos que le debían algunos senadores y gobernadores.

Terminaron una botella y pidieron una segunda. Noté que Raquel estaba bebiendo más de lo habitual, al cabo de un tiempo se paró y fue al baño, el tal Antoinne Miller levantó la mano y se acercaron dos tipos, reconocí a uno, era el chofer que hacía nudos con una cuerda, el otro era un tipo bajo y moreno con un ojo un poco visco, los tipos se fueron y después de unos minutos regresó Raquel, cuando pasó a mi lado dejó una pequeña nota en la mesa. Yo la tomé enseguida y la oculté debajo de mi plato, cuando se sentó y siguieron conversando, y leí discretamente.

Llámame después de la media noche.
624 442 01 02

Memoricé el número telefónico, hice una bolita el papelito y lo tragué ayudado por el mojito que tenía en la mesa. Al poco tiempo, Antoinne Miller pagó la cuenta, se subieron al Ferrari y se marcharon escoltados por el Cadillac negro.

Recuerdos (La decisión)

ESA MEDIA NOCHE LLAMÉ al número que me había dado y me dijo entre susurros que la encontrara en treinta minutos en un motel que estaba a las afueras de la ciudad. Llegué en un taxi, pregunté en una recepción ruinosa atendida por un adolescente que leía un comic dónde estaba la habitación veintinueve, el muchacho ni siquiera me miró, señaló con desgano hacia unas escaleras y siguió hojeando la historieta. Subí, caminé hasta la última habitación del corredor y toqué la puerta con tres golpes suaves y pausados cuando Raquel abrió la puerta, miró de reojo la periferia y me jaló hacia adentro.

Yo estaba excitado, imaginando esas largas piernas alrededor de mi cintura y ese cuerpo delgado y firme arqueándose de placer mientras yo le devoraba los senos, pero Raquel se sentó en una de las camas matrimoniales de la habitación y me indicó que me sentara en la otra.

—Damián, respóndeme honestamente. ¿Es verdad que estuviste en la cárcel?

La pregunta me sorprendió, pero asentí con la cabeza.

—Pero ahora te has convertido en un experto en seguridad, ¿cierto?

Volví a asentir.

—¿Eso quiere decir que también sabes burlar guardias y abrir cajas fuertes?

Me quedé un rato mirándola hasta que volví a mover la cabeza de arriba a abajo.

Raquel se revolvió unos segundos, prendió un cigarro y le dio una larga fumada.

La escuché hablar durante más de una hora. Era una locura, pero si lo que decía era cierto, podíamos arrebatarle al tal Antoinne Miller una verdadera fortuna. Traté de no hacer preguntas y escuchar cada detalle. Me parecía casi increíble que una mujer como ella le confiara los secretos que me estaba contando a un desconocido. Ella notó mi escepticismo y dijo:

—El primer día que te sentaste junto a mí pensé que eras un policía, algún agente de la DEA disfrazado de turista. Llevan años tratando de atraparlo. El segundo día deseché esa idea y pensé que podías ser un sicario de otro cartel, pero tus respuestas y actitudes tampoco eran las de un matón. Luego, comentaste lo de la Expo de seguridad y la situación me intrigó más, yo sabía que no mentías y me parecía demasiada coincidencia.

—¿Y cómo sabías que no te estaba mintiendo? —dije por primera vez durante toda la conversación.

—Después de unos años trabajando en clubes nocturnos y ser amante de uno de los hombres más poderosos del norte de México, una aprende cosas.

Asentí con la cabeza.

Ella prendió otro cigarro, me vio a los ojos, bajó la mirada y exhaló el humo.

—Supe que eras verdaderamente lo que decías y la coincidencia no podía ser mejor. Si realmente eras un experto en seguridad quizá podríamos robarle a ese malnacido el sobre de piel y repartirnos el dinero.

—Es demasiado dinero.

—¿Y no te gustaría esa libertad?

Asentí lentamente.

Ella se levantó, caminó hacia la ventana y se asomó hacia el estacionamiento. Era una mujer espectacular, pero al parecer lo que tenía de bella lo tenía de sagas. Sin dejar de mirar por la ventana me dijo:

—Damián, no me mal interpretes, me pareciste un tipo muy atractivo desde el primer momento que te vi, pero además de las dudas que tenía sobre ti, tienes que comprender que no me está permitido acercarme a nadie. Hubo otro gringo hace unos meses que sintió que mi indiferencia era una invitación a que insistiera. Yo le dije que corría peligro, pero el gringo se rió, me dijo que era un marine y trató de besarme. Lo rechacé como pude para no hacer un escándalo, después de un rato tuvo que ir al baño y ya nunca regresó. Al día siguiente vi una fotografía en un diario local del mismo gringo amarrado con una soga que le hacía nudos en los pies, las manos y la garganta, según el forense había muerto de una lenta y cruel asfixia.

—¿Y cómo es que no me ha pasado lo mismo?

—Tuvimos suerte, sólo te han visto dos veces, casi nunca estoy sin escolta, a Antoinne le gusta que sus mujeres estén vigiladas, pero al parecer hubo una pequeña guerra entre carteles y requirieron de todos los hombres para resolver el asunto. Pero debes tener la certeza de que te deben de estar vigilando.

—Nadie me siguió hasta aquí.

—Lo sé, hoy es otro día especial, es cumpleaños del gobernador y Antoinne estará en la fiesta con la mayoría de sus hombres, los que se quedan estarán montando guardia en su edificio, ese lugar nunca se queda desprotegido.

—Lo que me estás sugiriendo es peligroso.

—Piensa en lo mucho que me arriesgo al contártelo, pero no soporto más esta situación, no puedo seguir atrapada, necesito irme de aquí.

Yo me quedé en silencio mirándola. Prendí un cigarrillo y le di una larga fumaba.

—Por una cantidad así de dinero, tendríamos que desaparecer.

—Desaparecer para siempre.

—Si estás segura de esos cambios de guardia y de poder decirme el modelo de la caja de seguridad que usan, yo conozco a alguien que nos puede ayudar a abrirla.

—¿Confías en él? —me dijo pensativa.

—Realmente no sé, pero sin él no podríamos abrirla.

Cualquiera podría pensar que las asociaciones delictivas se forman entre personas que llevan toda una vida trabajando juntas, pero eso funciona en el mundo de los negocios legales, en el mundo de la ilegalidad, la realidad es que la mayoría de las sociedades se forman de manera espontánea cuando los intereses y las circunstancias se alinean. Es una ironía, en los negocios formales no se juega con la libertad o con la vida, sin embargo, se examina y analiza todo, en cambio, para robar o estafar de nada sirven las referencias, lo único que importa es el instinto, la sensación primaría que nos advierte peligro o confianza. En la locura que nos estábamos metiendo, no era diferente, había la combinación perfecta de conocimientos, ambiciones e interdependencia de los que nos involucramos.

Quedé de mantener contacto con Raquel nos despedimos con un frío apretón de manos, y regresé a San Diego.

No pude dormir los días que siguieron, todo me daba vueltas en la cabeza, estaba distraído en el trabajo, por más que recordaba la frialdad de los gestos y palabras de Raquel había algo que me inquietaba, que me hacía desearla casi obsesivamente. Tan pronto pude, invité a Will a tomar un trago y en la barra de un bar de música country le platiqué la historia. Al principio, Will se contrarió y pensó que le estaba gastando una broma, pero cuando seguí platicándole más detalles, me interrumpió muy serio.

—Pensé que todo esto era una broma, pero veo que estás hablando en serio.

Afirmé con la cabeza.

—Simplemente no puedo creer que te atrevas a ni siquiera considerar esta locura después de todos los años que pasaste en la cárcel, pensé que habías cambiado, ¿qué quieres que terminemos encerrados o muertos? Lo siento Damián, estoy fuera.

Will se paró, dejó un billete de veinte dólares en la mesa y se marchó.

Lo miré marcharse, sabía que una bomba así tomaría su tiempo de digestión. Durante esa semana llamé un par de veces a Raquel y quedamos en vernos en Tijuana, ella tomaría el vuelo el fin de semana y le diría a Antoinne que vendría de *shopping*. Nos vimos en el hotel Cesar, la esperaba fumando en el restaurante cuando llegó noté alegría en su semblante.

—¡Damián! —me dijo efusivamente, mientras me abrazaba y luego me daba un beso en los labios.

Noté que el beso también la sorprendió, había sido un impulso que la había sonrojado, yo noté su contrariedad y la tomé de la mano, ella sonrió, había algo en su mirada que había cambiado, lo había comenzado a notar en las llamadas telefónicas, pero ahora que la tenía de frente notaba ese brillo que se forma en las miradas de las mujeres que se han creado una ilusión.

Ella pidió la emblemática ensalada del hotel y una copa de vino blanco, yo la acompañé con una cerveza. Le dije que había comentado el asunto con Will, pero que teníamos que darle tiempo para procesarlo. Ella pareció aceptarlo sin cuestionamientos, terminó su ensalada y pidió otra copa de vino. Nos quedamos un rato callados y le pregunté si tenía algún plan y me contestó:

—Además de robarle a mi novio más de la mitad de su fortuna, pensaba que me podrías llevar a la playa.

Pasamos el fin de semana juntos. El día de nuestro reencuentro fuimos a la playa, cenamos una pizza de langosta, regresamos a su hotel, tomamos unos tragos más en el bar, bailamos y después subimos a su habitación para seguir bailando entre las sábanas. Cuando desperté Raquel ya se había levantado, estaba sentada frente a la ventana fumando un cigarrillo, yo caminé desnudo y la abracé por la espalda.

—Damián, esto es peligroso.

La estreché para reconfortarla, por supuesto sabía que el atraco que planeábamos era peligroso, pero antes de que pudiera decir cualquier cosa, ella continuó:

—Esto de enamorarse es peligroso...

Volteó y me miró con sus grandes ojos oscuros de pestañas infinitas, me besó los labios y volvió a mirar por la ventana.

—Pero supongo que ya es demasiado tarde —dijo tras un suspiro.

Bajamos el restaurante y telefoneé a Will. Su voz era ronca y parecía que no había dormido en días. Le dije que estaba en Tijuana con Raquel, que podía ser una buena idea que cruzara la frontera y la conociera. Estaba casi seguro de que Will colgaría, pero para mi sorpresa aceptó.

Nos vimos en una cafetería cerca de la garita, era un lugar frecuentado por traileros en el que servían una excelente comida. Como antes dije, hay ciertas asociaciones que se forman de manera tan espontánea, que resultan sorpresivas, Raquel y Will comenzaron a platicar como si se conocieran de siempre, Will parecía un alcahuete que complotaba con Raquel para burlarse de mí. Del restaurante nos fuimos a dar un paseo por un parque y luego nos metimos en una cantina a tomar unas cervezas y cantar con Mariachis. Will pasó la noche en Tijuana y para la mañana siguiente los tres parecíamos algo parecido a una familia.

En el desayuno, Will interrumpió una conversación trivial que teníamos sobre la adicción de Raquel al picante y dijo:

—Me pasé estos días dándole vueltas al asunto, y quiero decirles que estoy dentro.

Los tres nos quedamos callados, cada uno inmerso en sus propios pensamientos, quizá cada quien buscaba un pretexto para claudicar, quizá pensábamos en las consecuencias de lo que planeábamos. Una cosa es tener la intensión de hacer algo y otra completamente distinta es hacerlo.

—¿Cuándo entraremos al edificio? —preguntó Will.

—Tenemos algunos meses para planearlo, Antoinne tiene una reunión anual con los jefes de otros carteles, durante esos días el edificio se queda casi vacío.

—Pues entonces, hagámoslo —dijo Will brindando con su taza de café.

Recuerdos
(Un baile para el olvido)

Durante los meses que siguieron continuamos en contacto, tratamos de ser lo más discretos que nos fuera posible, pero los cuidados que tuvimos al principio se relajaron hasta que llegamos a vernos un par de veces al mes, cambiábamos de destino, podíamos encontrarnos en Tijuana, Ensenada, San Diego o en los Ángeles, dejamos de pensar claramente y comenzamos a creernos más astutos de lo que realmente éramos, además cultivó nuestra soberbia que los negocios y una nueva amante de origen asiático mantenían muy ocupado a Antoinne Miller.

Seguimos planeando el golpe, aunque con menos prisa, lo que realmente estaba sucediendo es que nos estábamos enamorando, soñábamos con el dinero que pronto tendríamos, habíamos incluso pensado en comprar alguna propiedad en la Toscana y pasar el resto de nuestras vidas en las hermosas costas italianas. Mi optimismo era tanto que tomé parte de los ahorros que tenía para comprar el auto con el que siempre había soñado: un Mustang 66 de ocho cilindros con el que salíamos a pasear a toda velocidad por las costas de pacífico bajacaliforniano.

Will era el único que se había mantenido enfocado. Planeaba meticulosamente cada detalle y de pronto nos reprochaba la holgura con la que estábamos tomando las cosas. Todavía faltaban cuatro meses para la reunión de todos los capos del pacífico mexicano así que no había mucha prisa.

Quedé de encontrarme con Raquel en Valle de Guadalupe, donde año con año se organizaba una feria de vino y gastronomía que se había convertido en poco tiempo en un evento muy reconocido en la zona. Invitamos a Will, pero se disculpó alegando algún malestar, sabíamos que no le gustaba hacer mal tercio así que nos vimos en el viñedo que habíamos acordado y disfrutamos toda la tarde probando maridajes de vino y comida mexicana, incluso un indio que decía ser un chamán, nos hizo un pequeño ritual marital en el que los dos participamos bastante divertidos, según el viejo indio desde ese momento nuestras almas estarían unidas para siempre.

Cuando oscureció, el sommelier del viñedo, que para ese momento ya era nuestro amigo, nos invitó a un baile que se celebraría esa misma noche. Fuimos a nuestra habitación, nos dimos un largo baño mientras hacíamos el amor bajo la ducha. Cuando terminamos, nos arreglamos y fuimos al evento.

Era un salón de piedra con adobe y techos de madera que tenía unas diez mesas circulares alrededor de una pista de baile. Había música, comida y buen vino. Una banda interpretaba un repertorio que iba desde Juan Gabriel hasta los Bee Gees. Yo no era un buen bailarín, pero Raquel era de esas mujeres que simplemente se transforman con la música.

La fiesta estaba terminando, la banda tocaba baladas y Raquel y yo éramos los únicos que quedábamos en la pista. Un destello me hizo mirar hacia la ventana y vi que desde afuera un tipo nos acababa de tomar una foto con un flash. El sujeto sonreía descaradamente mientras tomaba otra foto. Raquel se percató y miró hacia la ventana. De inmediato sentí su cuerpo tenso e instintivamente se apartó de mí.

—Damián…

—¿Qué sucede? —pregunté sin dejar de mirar al tipo que nos sonreía desde la ventana.

—Es Nahuaco.

Raquel no tuvo que explicarse, me había contado decenas de veces de la crueldad de los hombres de Antoinne Miller, y por lo que le había escuchado, Nahuaco era el peor.

Un grito nos distrajo. Una señora señalaba el techo en el que vimos como avanzaba una densa humareda. Luego escuchamos un ligero crepitar y descubrimos que las vigas de madera estaba en llamas. Las quince personas que quedábamos dentro del salón entramos en pánico. Todos se abalanzaron hacia la puerta, al intentar abrirla, la manija les quemó las manos pues la puerta también ardía. Comenzaron los gritos de desesperación mientras que Nahuaco seguía tomando fotos y sonreía mostrando su horrible dentadura llena de incrustaciones de oro.

Un hombre de unos cuarenta años cogió una silla y la aventó contra el ventanal, pero esta rebotó. Nahuaco, desde el otro lado, sacó una pistola con silenciador y disparó un par de veces contra el cristal dejando sólo unas pequeñas marcas en forma de estrella, era un vidrio grueso y templado a prueba de balas.

El lugar era un ataúd ardiente, había gritos de desesperación por todas partes.

—¡Este hijo de puta quiere quemarnos vivos! —gritó Raquel.

Nahuaco leyó sus labios y torció la cabeza hacia un costado, con una sonrisa sicópata que le deformaba el rostro.

El salón ardía. El humo denso y negro llenaba cada rincón. Yo no podía respirar, sentía los pulmones saturados y ardientes.

—¡Raquel, no te separes!

La cogí de la mano y con la otra me tapé la boca para evitar seguir respirando el humo. El techo crujía, hasta ese momento no había levantado la mirada, pero lo que vi me horrorizó, el techo ardía como un mar de fuego. Yo pensé que el restaurante debía tener una salida trasera y esa sería nuestra mejor apuesta, cuando ya no pudimos seguir de pie, nos arrastramos por el salón hacia la cocina.

—¡Vamos! ¡Vamos! Hay que salir de aquí.

Raquel casi no se movía. Trataba de caminar pero las fuerzas la abandonaban. Hice todo lo que pude por arrastrarla, sin embargo, avanzábamos muy despacio. El techo volvió a crujir, caían al piso pequeños trozos de madera en brasas. Yo seguí avanzando y arrastrándola, pero un par de metros antes de entrar a la cocina, una viga envuelta en llamas se desprendió del techo y cayó en la espalda de Raquel haciéndola crujir.

Recuerdos (El atraco)

LAS SIRENAS DE LA POLICÍA y los bomberos ahuyentaron a Nahuaco, quien nos dio por muertos cuando vio que las llamas hicieron que el techo del salón se desplomara. Todos murieron excepto yo, gracias a que la viga que había caído sobre Raquel hizo un espacio en el que quedé atrapado y protegido de alguna manera de los escombros y las llamas.

Los bomberos me encontraron y de inmediato me llevaron de vuelta a San Diego, donde me recuperé en un hospital pagado por la compañía en la que afortunadamente todavía trabajaba. Will me fue a visitar todos los días. Yo tenía algunas costillas y el tobillo fracturados, además de múltiples quemaduras, pero realmente nada era de gravedad, o al menos eso pensaban los doctores. Pero el daño psicológico que me había causado ver a Raquel morir frente a mí, quemada y aplastada por la viga que me había salvado la vida, había sido devastador. Me despertaba por las noches gritando, manoteando desesperadamente intentando apagar un fuego que no existía. El psiquiatra del hospital me recetó algunos ansiolíticos y varias sesiones de terapia, y nada de eso resultó. Las cosas verdaderamente empeoraron cuando un día parado frente al espejo, comencé a escuchar una voz que me hablaba a través del reflejo. Ese día, supe que algo se había roto en mi mente y que de entre las grietas se había liberado un ser despiadado que disfrutaba torturarme.

Will me acompañó todo ese tiempo, como el más fiel escudero. Me regalaba libros y rompecabezas para mantener mi mente ocupada, pero al ser testigo de la crueldad de mis terrores nocturnos, me recomendó a un amigo suyo farmacéutico, que trabajaba en un laboratorio que experimentaba con un nuevo tipo de ansiolítico. Yo estaba desesperado, casi no podía dormir y buscando cualquier manera de apaciguar las pesadillas y las voces en mi cabeza, me inscribí como voluntario. No hubo mayores trámites más que la firma de un documento de treinta y cinco hojas de liberación de responsabilidades para el laboratorio, una sonrisa fingida y me dieron un tubo anaranjado de pastillas. Fue como encontrar una escalera al cielo, desde la primera toma, la voz se silenció y por las noches mi mente se desconectaba por unas cuatro o cinco horas.

Ahora que podía dormir y mirarme al espejo sin temor, noté que seguía existiendo una llamarada en mi pecho. El daño que me había hecho Antoinne Miller era tan grande que no terminaba con mi dependencia a los calmantes. Ahora tenía sed de venganza y se manifestaba con la más mínima provocación. Me dediqué a beber y a buscar pleitos en bares de mala muerte. Por supuesto que en el trabajo no tardaron en despedirme, yo estaba hecho un desastre y Will que había estado al pendiente todos esos días, un buen día llegó a mi departamento, me ayudó a levantarme del piso, me metió a la bañera y cuando estuve un poco más sobrio, me llevó a desayunar a una cafetería cercana, me obligó a comer y cuando vio que mi semblante mejoraba me dijo:

—La única manera que vas a encontrar paz es que cumplas la promesa que le hiciste a Raquel. Si quieres realmente vengarte, dale a ese malnacido de Miller donde más le duela.

Yo me le quedé mirando, en mis ojos se reflejó un brillo asesino, pero Will me contestó:

—Al menos que encuentres la manera de secuestrarlo y lo tengas encerrado para torturarlo, matarlo es algo muy rápido. Ese tipo no tiene familia, es capaz de mandar asesinar a sus amantes sin dudarlo, yo te aseguro que si le quieres hacer daño, debemos robarle esa fortuna y destrozar ese prestigio que tiene de intocable. Debemos demostrar su vulnerabilidad, así muchos más lo atacarán y tendrás una venganza multiplicada.

Me quedé mirándolo, ese hombrecillo regordete, un poco calvo, de lentes cuadrados y ojillos analíticos era verdaderamente un amigo, se había tomado el tiempo de pensar y ofrecerme una salida del abismo en el que me encontraba. Después de meses de obscuridad una pequeña luz encendida por la venganza asomaba y le regresaba de alguna manera un propósito a mi vida.

Retomamos el plan, había pasado casi un año de la muerte de Raquel, cuando por algunos contactos averiguamos que el dieciocho de agosto sería la fecha en la que ese año se realizaría la reunión de los jefes de las mafias mexicanas, el evento sería en Los Cabos, el anfitrión era Miller. Al principio, pensé que Will desistiría por ser la reunión en la misma ciudad en la que se realizaría el atraco, pero sorpresivamente, mi amigo renunció a su empleo pues decía que para hacer algo así teníamos que estar completamente comprometidos y sin distracciones. Él viajó a Los Cabos para explorar la zona frente al edificio de Antoinne Miller; encontró el hotel y rentó la habitación desde la que podíamos vigilar todos los movimientos; además, robó los planos de la caja fuerte del trabajo; Will también investigó las rutas de escape; incluso ideó el señuelo que nos permitiría entrar al edificio sin ser descubiertos. Yo me dediqué a memorizar el plan, a cerciorarme de que mi Mustang estuviera en óptimas condiciones, a conseguir documentos falsos y a disparar sobre el rostro impreso de Antoinne Miller dieciocho rondas diarias de una Magnun 357 Smith & Wesson que había comprado en una armería local atendida por un encantadora viejecita que demás de vender pistolas, escopetas y rifles automáticos, también vendía pay de manzana y boletos de lotería.

Llegó el día del atraco y antes de salir de la habitación Will me dio un shot de tequila y dijo:

—Por Raquel, por la ruina de ese imbécil y porque terminando esto, seremos estúpidamente ricos.

Esperamos a que nos recogiera la furgoneta de control de plagas y nos subimos con el resto de los trabajadores a la parte trasera. Las fumigaciones eran un tema de rutina en el edificio, pues Antoinne Miller detestaba los bichos y pedía que mes a mes se fumigaran todas sus propiedades. Nosotros habíamos investigado a la empresa que realizaba el servicio y aprovechamos para hacer amistad con los trabajadores. Bastaron unas cuantas semanas de invitar cervezas y carnes asadas para que la desconfianza inicial de los fumigadores se disipara y como lo hacen muchos mexicanos, nos entregaran su amistad a brazos abiertos. Compraron sin cuestionamientos la historia de que éramos dos amigos de la infancia que queríamos venir a vivir a Los Cabos a probar suerte con un negocios de seguridad, a beber cerveza y tequila y a conocer mujeres hermosas. Los fumigadores nos adoptaron y en menos de dos meses ya éramos "los güeros". Una vez ganada su confianza, hacer una apuesta en la que yo debería vencer mi miedo a los insectos acompañándolos a una fumigación fue casi inocente.

Will había pedido ayuda a su amigo farmacéutico en San Diego con una fórmula de gas que pudiéramos mezclar en los tanques de fumigación que durmiera a todos los que la respiraran. Nosotros llevaríamos unos pequeños tanques de oxígeno que nos darían el tiempo para abrir la caja, robar el sobre y largarnos para siempre. El plan funcionó de maravilla, incluso nos resultó sorpresiva la efectividad del gas, en unos cuantos segundos, guardias y fumigadores estaban en el piso completamente inconscientes. Fuimos directo a la caja fuerte que estaba justo donde Raquel nos había dicho; detrás de un cuadro de leones en la pared detrás del escritorio de Antoinne Miller. En menos de cinco minutos logramos abrirla, adentro había varios fajos de billetes, cajas con joyas, una pistola con cachas de oro y diamantes, y en medio de todo el sobre de cuero. Cogimos el sobre y un par de fajos de billetes, cerramos la caja y salimos de la oficina.

Todo iba bien hasta que Will notó que las personas que habíamos dormido no respiraban. Se acercó y le tocó el pulso a uno de ellos, luego corrió y le tocó el pulso a un guardia, me miró y dijo:

—Damián, están muertos.

—¿Qué dices?

—No respiran Damián, ¡los matamos!

—Pero ¿cómo es posible?

—No lo sé. Ese hijo de puta del laboratorio me dijo

que era un gas muy potente que sólo los haría dormir no que morirían.

Era una imagen de pesadilla, todo el edificio estaba lleno de cadáveres de hombres, mujeres e incluso el de una niña, la hija de una afanadora que ese día había acompañado a su mamá al trabajo.

Noté que Will respiraba con mucha agitación, estaba a punto del colapso, por lo que lo sujeté muy fuerte de los hombros y le dije:

—¡Will! ¡Will! ¡Escúchame! ¡Tenemos que irnos!

Arrastré a Will hacia las escaleras y bajamos saltando más cadáveres, fuimos a la parte trasera del edificio, hasta el estacionamiento que estaba a cielo abierto y nos quitamos las máscaras.

—¡Los matamos Damián! ¡Los matamos!

—Tenemos que ir por el Mustang y largarnos de aquí.

Apenas terminé de decir esas palabras cuando escuché una serie de detonaciones y los zumbidos de las balas que pasaban rosándonos el cuerpo.

—Will, ¡al suelo! ¡Al suelo!

Will se me quedó mirando aún sin comprender lo que sucedía, quizá estaba demasiado contrariado por lo que habíamos hecho, cuando una de la balas impactó en su cabeza. Yo me cubría detrás de la furgoneta y miré como su cuerpo se desplomaba y quedaba tendido en el piso con los ojos bien abiertos mientras que un charco de sangre se iba formando debajo de su cabeza.

Los visitantes

LAS HORAS QUE PASÉ LLORANDO en la bañera me dieron cierto alivio. Recordar a Raquel y a Will era lo
que necesitaba para recuperar mi determinación de
consumar nuestra venganza. Escapar del edificio
de Antoinne Miller había sido una proeza y si necesitaba hacer otra para salir del hotel, llegar al pueblo y
de ahí escapar hacia los Estados Unidos, lo haría; además, tenía un revolver con cinco balas, si era necesario, detendría a cualquiera que pasara por la carretera,
tomaría su vehículo, lo dejaría escondido en el desierto a pocos kilómetros del pueblo y luego seguiría mí
plan de llegar a San Francisco.

Llegué al final de corredor y vi el mural de las niñas enmascaradas persiguiendo al perro, eran las
mismas niñas que había visto la noche anterior en la
alberca. No podía seguir permitiendo que mi mente

se obsesionara, si todo había sido real o fantasía no debía prestar más atención, lo que tenía que hacer era ir hacia la recepción, salir del hotel y ponerme a caminar. Tan pronto llegué al patio escuché unas voces que se acercaban. Seguí mi camino dispuesto a atropellar a quién se me pusiera enfrente, pero justo antes de pasar por la cantina, alcancé a mirar de reojo a dos hombres que hablaban con Mercedes. Fue sólo un vistazo, pero el corazón me dio un salto y como un felino, alcancé a ocultarme detrás de una columna antes de que cualquier de los tres me pudiera ver. Traté de controlar mi respiración y amartillé el el revólver. «Tengo cinco tiros, puedo acabar con ellos ahora mismo», pero eso implicaría que la rubia quedara en medio de los disparos.

«Mierda, mierda, mierda», pensé al tiempo que Nahuaco y Sogas caminaban hacia mí. Podía esperar escondido detrás de la columna, dejar que pasaran, rodear y salir a sus espaldas, ejecutar a Sogas de un tiro a la cabeza y disparar los cuatro tiros restantes a Nahuaco para asegurarme de que ese hijo de perra se muriera. Pero ¿si algo salía mal? ¿Si alguno de los matones alcanzaba a reaccionar y se cubría con el cuerpo de Mercedes? Otra opción era esconderme en el jardín, esperar a que siguieran de largo y luego intentar huir, aunque, ¿cómo lo haría? Ir a pie en el desierto me convertiría en una presa fácil, además no sabía si los sicarios de Antoinne Miller habían descubierto el Mustang.

Me pegué a la columna, con la pistola en la mano listo para reaccionar si me descubrían. Pero mientras pasaban y yo me iba moviendo en sentido opuesto detrás de la columna, escuché su conversación:

—¿Entonces el señor Miller no vendrá? —dijo Mercedes.

—No, no vendrá —contestó Nahuaco con sus maneras parcas y militares.

—Tiene muchísimos años que el señor Miller no se para por aquí, pero entonces si él no viene, ¿a qué debemos el honor de su presencia? —dijo ella en tono sarcástico.

—Cosas del patrón —dijo Sogas.

—Si no me dicen a qué vinieron no los podré ayudar —espetó Mercedes con cierta sequedad.

—No es asunto suyo, como dije, son cosas del patrón —contestó Sogas en un tono ya más molesto.

—Muy bien, pues el hotel es todo suyo... —Mercedes pareció dudar, dio media vuelta y les dijo dándoles la espalda—. Aunque yo me andaría con cuidado, uno nunca sabe qué se puede encontrar en los rincones de este viejo lugar.

—Me repite eso señorita —dijo Sogas en tono amenazante.

—Perdón caballeros, tengo cosas qué hacer, ya saben, cosas del patrón.

Sonreí. No sabía si Mercedes estaba consciente de la clase de hombres con los que estaba tratando, pero no dejé de admirar su osadía. Ella siguió su camino hacia la recepción y los dos sicarios se quedaron mirándola rumiando la indiferencia con la que los habían tratado.

Yo me quedé muy quieto, aguzando el oído, para escuchar cualquier cosa que platicaran entre ellos.

—Vamos a checar las habitaciones, si ese cabrón está aquí escondido, nos lo chingamos en caliente y de paso me ahorcas a esa pinche güerita, a ver si tan chingoncita.

—¿No será nalga del patrón?

—Le vale madres, ¿no escuchaste que tiene rato que no se aparece por aquí?

—Si, eso dijo.

—Vamos a encontrar primero al pinche gringo y luego vemos que hacemos con doña chingona.

Sogas rió, los dos dieron media vuelta y se dirigieron hacia el pasillo que conducía a las habitaciones.

Cuando los perdí de vista corrí hasta la recepción. Asomé por la ventana y como lo había supuesto, afuera estaba el Galaxy color negro que manejaban los matones. Giré la manija de la puerta, esperaba que la puerta no se abriera, pero para mi sorpresa, estaba vez se abrió. Troté hacia el auto, abrí la puerta, con un poco de suerte encontraría las llaves, pero no estaban, ni en la guantera ni bajo las viseras.

—¡Mierda!

Miré de vuelta al hotel, el viejo cascarón parecía reírse de mí, sus arcos y ventanas parecían sonrisas torcidas. A esas alturas poco importaba creer en las casualidades o en lo sobrenatural, el hotel volvía a reclamarme y yo tenía que ajustar cuentas.

Ojo por ojo

ACECHÓ ANTES DE ENTRAR a la recepción, luego se deslizó en las puntas de los pies hasta el jardín central, lo cruzó escondiéndose entre las columnas, estatuas y plantas, hasta que llegó al pasillo que conducía hacia las habitaciones. Escuchó unos pasos que se acercaban, retrocedió y se ocultó detrás de un arbusto. Era la pareja madura que había visto ayer en la cantina, pasaron sin decir palabra y se dirigieron hacia al comedor que por primera vez estaba abierto.

Avanzó rápidamente por el pasillo apuntando hacia el frente con el revólver, era el espacio donde era más vulnerable porque en caso de ser sorprendido no tenía donde ocultarse. Cuando llegó a la encrucijada miró hacia el pasillo de su habitación, parecía vacío hasta que Nahuaco salió de una habitación y golpeó la puerta de la siguiente. Nadie abrió, golpeó una segunda ocasión y como nadie contestó, utilizó un par de pequeñas ganzúas para abrir y entrar al cuarto. Damián pensó en aprovechar para sorprenderlo por la espalda, pero ¿dónde estaba Sogas? No podía quedarse en la encrucijada, por lo que avanzó hacia Nahuaco, se metió en la primera habitación que encontró a la derecha; tal y como lo había supuesto, la puerta estaba abierta pues había sido forzada.

Dentro de la habitación trató de observar por el resquicio de la puerta. Para su sorpresa, escuchó que a sus espaldas alguien jalaba de la cadena del retrete y abría la puerta del baño.

Sogas salió canturreando mientras se secaba las manos con una toalla. Los dos se miraron por un momento hasta que el matón le aventó la toalla a la cara mientras trataba de sacar una pistola de su pantalón; Damián desvió la toalla y se le abalanzó como un toro. Cayeron dentro del baño, la fuerza del golpe contra el piso hizo que Sogas soltara su pistola y que ésta se deslizara por el suelo hasta el lavabo. Damián sacó su revólver y trató de dispararle a quemarropa, pero el asesino era muy hábil, le hizo una llave con la que le torció la muñeca y le arrebató el arma. Cuando Sogas estuvo a punto de dispararle en el cuello, Damián reaccionó y le propinó un cabezazo tan fuerte que la nariz del sicario crujió y estalló ensangrentada. Sogas disparó, no importaba si acertaba, lo que quería era advertir a su compañero, pero no hubo detonación, lo que el asesino no sabía era que Damián había dejado un tiro de seguridad en el tambor del revólver. Damián no perdió tiempo, tomó impulso y le dio otro cabezazo, esta vez en el pómulo. Sogas intentaba sacar un cuchillo que traía en el pantalón, pero Damián no dejaba de golpearlo mientras forcejaban. Al cuarto cabezazo el sicario soltó el cuchillo y Damián aprovechó para sujetarlo por el cuello con la mano izquierda y molerlo a golpes con la otra hasta dejarlo desmayado.

Damián se levantó y recogió su revólver, abrió el tambor para asegurarse que el tiro tuviera una bala y antes de salir le dio un fuerte pisotón en la cabeza al matón para asegurarse que estuviera completamente fuera de combate. Estaba muy agitado, respiraba entre jadeos, se quedó unos segundos observando por el resquicio tratando de controlar su respiración, pero no vio ningún rastro de Nahuaco, temía que la pelea lo hubiera delatado, aunque al parecer las gruesas paredes del hotel habían enmudecido el pleito. Regresó al baño y se fijó que Sogas aún respiraba. Levantó el cuchillo del piso y miró su garganta y sin pensarlo más desechó la idea; degollarlo haría un batidero, por lo que lo levantó de los cabellos, le pasó un antebrazo frente al cuello y con el otro le hizo una palanca. Le pareció una ironía que ese desgraciado fuera a morir estrangulado, pero no era menos de lo que merecía, *"el que a hierro mata..."*. Damián apretó y apretó, hasta que por un momento la asfixia hizo que el asesino recuperar la consciencia, pataleó y manoteó, pero la llave era tan fuerte que a los pocos segundos volvió a desvanecerse hasta que dejó de respirar. Cuando se cercioró que estaba muerto, lo arrastró hasta la bañera y lo metió dentro.

Salió del baño y volvió a acechar, a la distancia observó que Nahuaco tocaba la última puerta del corredor, precisamente en su habitación. Sacó sus ganzúas y la abrió. Damián tenía que encontrar la manera de sorprenderlo, aquel indio era el verdadero demonio y no quería arriesgarse a otro combate cuerpo a cuerpo.

Regresó la mirada dentro de la habitación y fue por una almohada. Salió y se acercó de puntillas hasta llegar a un costado de la puerta de su cuarto. Se acuclilló, puso la almohada frente a la pistola y esperó. A los pocos segundos escuchó los pasos del asesino que se acercaba…

—Eh Sogas, ¿ya cagaste a toda tu descendencia? ¿Dónde carajos andas? Ese cabrón no está aquí. ¡So…

En el momento que Nahuaco puso un pie fuera, Damián lo embistió con la almohada y disparó. El taimado indio no se dio cuenta de lo que sucedió hasta que cinco balas le habían atravesado el cuerpo mientras que Damián lo empujaba dentro de la habitación. Los dos cayeron sobre una mesita de madera que se hizo pedazos y ya en el piso, Damián siguió jalando del gatillo de la pistola hasta que escuchó un *clic, clic, clic, clic.*

La almohada hizo poco por silenciar los disparos, los oídos le zumbaban y aunque ese malnacido merecía morir quemado o de alguna manera peor, nada le quitó la satisfacción de ver en sus ojos, primero sorpresa, luego incredulidad y al final terror.

—¡Muérete! ¡Maldito, hijo de perra! —le gritó mientras le escupía en el rostro. Nahuaco tosió sangre, intentó con las pocas fuerzas que le quedaban coger su pistola, pero Damián se lo impidió de un manotazo y le estrujó con furia las mejillas mientras le seguía gritando:

—¡Mírame malnacido! ¡Qué me Mires! —le dijo sacudiéndolo— ¡Mira quién te mató!

Nahuaco se ahogaba en su propia sangre mientras intentaba balbucear o quizá rezar, Damián le sacudía la cabeza cada vez que parecía desvanecerse hasta que tras un último estertor, el cuerpo del asesino perdió fuerza, sus pupilas se dilataron y quedó inmóvil y sin vida.

Cadáveres

SABÍA QUE LOS TIROS se habían escuchado y tenía que hacer algo rápido con los cuerpos. La sangre de Nahuaco había formado un pequeño charco en el piso, pero antes de limpiarla, mi prioridad era ir por el cuerpo de Sogas. Me metí mi revólver en la parte trasera del pantalón y la pistola de Nahuaco en la parte de enfrente. Luego corrí por el pasillo hasta la primera habitación, saqué a Sogas de la bañera y lo arrastré por el pasillo hasta mi cuarto. No había tiempo de limpiar, así que puse en la manija el letrero de no molestar, cerré la puerta y me fui hacia el jardín central para averiguar si alguien había escuchado los disparos.

Curiosamente no vi a nadie. Caminé hasta el centro del jardín y esperé unos minutos y nadie se asomó. Fui hacia el fondo, me paseé frente al Salón de los Catrines, por la biblioteca, me asomé en el corredor de las habitaciones de empleados, en la recepción y en la cantina, pero no encontré a nadie. El hotel parecía estar vacío. Seguí dando vueltas bastante sorprendido preguntándome, ¿dónde estaba todo el mundo?

Decidí que regresaría a mi habitación para ocultar los cadáveres. Caminé junto a las escaleras que conducían al Salón Principal, pero al pasar junto al restaurante, escuché un murmullo. No había entrado al lugar desde que había llegado al hotel, la primera vez que me había asomado estaba vacío, y recordé vagamente que justo antes de matar a Sogas y Nahuaco había visto a la pareja madura entrar. Traté de asomarme discretamente, y justo en el momento que miraba por una pequeña apertura, recargué la mano contra la madera y la puerta se abrió.

Todos los huéspedes estaban en el restaurante. Max llevaba una charola con comida a la mesa del doctor y sus acompañantes. La pareja madura, Fabiano y Raúl, dos hombres de mediana edad que nunca había visto y hasta una mujer con un sombrero negro fumando en una mesa al fondo. Nadie reparó en mi presencia, todos conversaban y comían. Yo me quedé parado en el marco de la puerta inseguro de entrar y aparentar normalidad o darme media vuelta y regresar a la habitación. Por alguna razón bajé la mirada y miré mis zapatos. Un estremecimiento me recorrió el cuerpo, tenía el pantalón y los zapatos manchados de sangre. Instintivamente levanté la mirada y mi estremecimiento aumentó, el salón estaba en completo silencio y todos me miraban los pies. Sentí un hormigueo en las piernas y una ansiedad incontrolable por ocultarlos, pero sin poder explicarlo, tras un parpadeo, de pronto todos estaban comiendo y conversando otra vez. Di dos pasos hacia atrás, cerré la puerta y regresé apresuradamente hacia mi habitación. Tenía que lavarme y deshacerme de los cadáveres. No podía perder tiempo pensando si lo que había sucedido en el restaurante había sido otra alucinación, era momento de masticar una pastilla y largarme de aquel maldito lugar. Las llaves del auto en que habían venido los sicarios estarían en sus ropas. Por la prisa de averiguar si alguien había escuchado los tiros no los había esculcado.

Regresé trotando al cuarto, y cuando di vuelta en la esquina del corredor, otra vez, el corazón me dio un tumbo. Justo al final del pasillo frente a la puerta abierta de mi habitación, estaba la camarera con su carrito de limpieza.

—¡Oiga! ¡Oiga! —grité con desesperación.

La vieja india ni siquiera me volteó a ver, movió un cubo de agua y siguió trapeando.

—¡Oiga! ¡¿Qué no vio el letrero de no molestar?! —dije entre molesto y temeroso.

Yo no quería más complicaciones, pero si la vieja camarera veía los cadáveres tendría que matarla o al menos amordazarla y esconderla hasta que huyera del hotel.

Sin embargo, la vieja india recogió sus cosas, empujó su carrito hacia la siguiente habitación y cuando pasó a mi lado dijo con una voz rasposa y casi afónica me dijo:

—Ya quedó.

Me quedé viendo cuando se alejaba y entré a la habitación. No había rastros de sangre en el piso, ni de la mesa que habíamos hecho pedazos. Entré al baño y quedé aún más sorprendido, ninguno de los dos cuerpos estaba en la bañera.

Regresé y miré de nuevo hacia el pasillo, no era posible que la camarera hubiera limpiado la sangre y cargado los cuerpos dentro de su carrito de limpieza. En primer lugar, la sangre y los cadáveres la habrían escandalizado, pero en segundo lugar no había manera de que la vieja tuviera la fuerza para cargar a dos hombres de más de ochenta kilos. De cualquier manera, me acerqué hasta el carrito y revisé dentro del gran bote de basura. Sólo había sábanas y fundas de almohadas. La vieja se me quedó mirando sin decir palabras y luego siguió con su trabajo.

Regresé a mi habitación verdaderamente confundido. Me senté en la cama para tratar de poner mis ideas en orden. Me saqué del pantalón las dos pistolas, vacié del tambor de mi revólver los casquillos y jugué con ellos en mi mano, en efecto las seis balas estaban percutidas. Dejé la pistola y los casquillos en la cama y chequé el arma de Nahuaco, era otro revólver, había aprendido que todos los asesinos usaban aquel tipo de armas por una sola razón, nunca se atascaban. Esta pistola era de mayor calibre que la mía y tenía las seis balas intactas. La dejé también a un costado, incluso me saqué el sobre de la entrepierna, las pastillas y los cigarros.

—No estoy loco —dije en voz alta sólo para escuchar mi voz. Prendí un cigarro y le di una larga fumada. Me miré las manos, tenía los nudillos rojos y sentía un ligero dolor en la frente debido a los golpes y cabezazos que le había dado a Sogas. Pero ¿qué había sucedido con los cuerpos? ¿Quién los había escondido y limpiado todo el desastre? Miré mis pastillas, no era posible que todo fuera una alucinación, ¡tenía las pruebas en las manos!

—No estoy loco —volví a decir.

En ese momento un pensamiento aún más angustiante me estremeció: ¿y las llaves del Galaxy? Seguramente estaban en los pantalones de alguno de los dos hijos de puta que había matado, pero...

—¡¿Dónde carajos están los cuerpos?! —grité, presa de la desesperación.

Sabía que ese carro tenía gasolina, estaba justo afuera, era mi ticket de salida, pero alguien o algo me seguía impidiendo salir del hotel.

—Tengo que irme de aquí... Tengo que irme de aquí... —me repetía una y otra vez, al tiempo que masticaba una de mis pastillas para no dejar que la frustración me enloqueciera.

Miré mi reloj, eran las siete, el camión ya había pasado y era demasiado tarde para probar suerte en el desierto. Caminar sesenta kilómetros era mucho, aún con agua y provisiones tardaría unas doce horas en llegar al pueblo y yo me sentía abatido. Parecía que esa sería la única manera de irme del hotel, pero esa noche tenía que descansar, tomar fuerzas e intentarlo al día siguiente. Quizá durante la noche podía averiguar quién había recogido los cuerpos, a la primera que le preguntaría sería a Mercedes o a ese extraño sujeto del impermeable. Tenía otra arma cargada y si las cosas se ponían feas, la usaría, pero ya nada me retendría en esa prisión.

La procesión

EL REPIQUE CONSTANTE de una campana me sacó de mis pensamientos. Debía ser la campana de la capilla afuera del hotel. Me guardé el sobre, las pastillas, los cigarros y el revolver de Nahuaco, dejé mi pistola con los casquillos en el cajón del buró y salí de la habitación para averiguar qué sucedía. Por un momento pensé que podía ser una alarma, quizás alguien más había descubierto los cuerpos y era una manera de dar aviso que algo había sucedido.

Llegué al patio y escuché otro tañido, uno más agudo pero penetrante. Caminé hasta la cascada de las sirenas y vi que al otro lado del patio, desde el corredor que venía desde el jardín secreto y que pasaba por el salón de los catrines y la biblioteca, avanzaba una procesión de encapuchados.

Todos vestían de negro, con trajes holgados y gorros largos y cónicos, parecían miembros del Ku Kux Klan salvo por unas extrañas máscaras de calaveras que portaban por encima de las gorros. Las máscaras eran de color hueso y estaban adornadas al estilo del día de muertos, con flores, corazones, soles, lunas, grecas, chaquiras y lentejuelas.

La procesión era encabezaba por un encapuchado alto, que sonaba un triángulo metálico cada cierto tiempo, atrás de él venía otra persona más baja de estatura y más corpulenta con una antorcha que iba encendiendo candeleros en formas de serpientes dispuestos a lo largo de su trayecto, el resto de la procesión llevaba incensarios de cadena que balanceaban mientras dejaban una densa estela de humo que descendía a sus pies como neblina.

Todos iban en silencio, con las miradas hacia el frente y caminando muy despacio. Sólo el sonido agudo y metálico del triángulo parecía guiarlos. Bordearon el patio, pasaron por las habitaciones de servicios, la recepción y cuando llegaron a las escaleras que conducían al segundo piso me percaté de que el tipo del impermeable los esperaba detrás de la cadena que impedía el paso. La procesión se detuvo y el hombre que llevaba el triángulo lo sonó tres veces. Todos se quedaron inmóviles, era un silencio tan profundo, que sólo se escuchaba el crepitar de la antorcha. El encapuchado del triángulo lo volvió a hacer sonar tres veces. El hombre del impermeable estaba parado, sin moverse ni permitirles el paso. Otra vez, todo quedó en silencio. Por una tercera ocasión el triángulo sonó tres veces, cuando la vibración pasó, el hombre del impermeable dijo con su voz rasposa y ronca:

—Si este camino se abre, no se volverá a cerrar.

El hombre del triángulo levantó su instrumento a la altura del rostro del tipo del impermeable y lo hizo sonar otras tres veces.

—Así será entonces —dijo el guardián y levantó la cadena.

El triángulo volvió a sonar una sola vez y todos continuaron la procesión hasta el segundo piso. Caminaron por el corredor del barandal encendiendo antorchas hasta que llegaron hasta el Salón Principal. Dos enmascarados recorrieron un grueso cerrojo de metal y abrieron las puertas. Se veían pesadas y rechinaron como si goznes protestaran al ser interrumpidos tras un largo sueño. Poco a poco todos entraron a la misteriosa y oscura habitación.

—Es todo un espectáculo, ¿verdad? —dijo Mercedes, que de pronto había aparecido a mi lado.

Yo la miré de reojo, pero no respondí.

En el segundo piso, cuando el último miembro de la procesión había entrado a la habitación, el tipo del impermeable cerró las puertas y se quedó montando guardia, parado de cara a las puertas y completamente inmóvil.

—Y así comienza otro gran banquete... —la escuché decir.

—¿Por qué no estás con ellos? —pregunté.

—Porque el gran banquete es sólo para ciertos huéspedes.

—¿Nunca has entrado?

—No, nunca.

Yo prendí un cigarro, fumé lentamente y mientras exhalaba recorrí con la mirada el hotel. Era una imagen que superaba el surrealismo, los candeleros iluminaban estatuas y plantas que proyectaban sombras que parecían danzar en las paredes. El cielo estaba limpio y estrellado acompañado por una luna roja que hasta ese momento no había descubierto. Luego la miré a ella, tan hermosa y enigmática, Mercedes era justo como el hotel, una contradicción. Me lo había preguntado varias veces y era imposible no volverlo a hacer: «¿Qué clase de lugar es este?».

Miré a Mercedes sonreír por el rabillo del ojo y como si pudiera adivinar mis pensamientos dijo:

—Este es el Hotel California.

Sonreí con cierta amargura y volví a fumar. La rubia se veía relajada por lo que supuse que no sabía nada de los cadáveres. Por un momento pensé en preguntarle, pero no valía la pena, ¿qué caso tenía delatarme?

—Y bien señor Sinclair, ¿tiene algo agendado para esta noche?

—¿Además de irme del hotel? Me gustaría subir y ver qué hacen ahí adentro.

—Mmmmm... me temo que eso será difícil. Una vez que se cierra la puerta, él —señaló al gigante del impermeable —no permite que nadie entre.

—¿Y no hay otra entrada a ese salón?

Mercedes me miró, noté que se formaba un fugaz brillo en sus ojos, una expresión casi imperceptible antes de que sonriera y dijera:

—Es un hotel muy viejo, hay pasadizos de servicio que fueron bloqueados hace años, pero vamos señor Sinclair, ¿verdaderamente le interesa ver a un grupo de locos estrafalarios, bailar, beber y hacer sacrificios humanos ahí adentro?

—¿Me estás tomando el pelo? —dije levantando una ceja.

Mercedes río, con esa risa amplia y desparpajada.

—Oh no, señor Sinclair, yo nunca le mentiría —dijo mordiéndose el labio. —Pero qué le parece si usted es mi acompañante esta noche.

—¿A dónde vamos?

—¿No le gustan los misterios?

Mercedes me cogió de la mano y me llevó por el corredor que conducía hacia las habitaciones. Las luces de todo el hotel estaban apagadas, por lo que avanzamos entre penumbras. Pasamos el mural y seguimos hasta el fondo, cuando llegamos al acceso a la alberca y dimos vuelta a la izquierda hacia las suites. El pasillo frente a nosotros estaba en completa oscuridad, parecía una caverna. Yo no era un tipo que le temiera a la oscuridad, pero quizá las cosas que me habían pasado en el hotel durante los últimos días hicieron que inconscientemente opusiera una ligera resistencia. Mercedes notó mi vacilación, me sujetó la mano con un poco más de fuerza y me dijo:

—Un tipo como usted, ¿le teme a la oscuridad? —dijo con cierta sorna.

—No, claro que no.

Champagne rosa

MERCEDES ABRIÓ LA PUERTA y entramos a una habitación del doble de tamaño de la mía. Tenía el mismo estilo de decoración; artesanías finas, muebles de madera labrados, al fondo había una sala junto a un ventanal y en el centro una cama *king size* con un dosel de cortinas translúcidas, pero entre toda la decoración había un elemento que contrastaba con los detalles y el buen gusto, en el techo sobre la cama había un gran espejo. Mercedes, que no perdía atención a los detalles, notó mi extrañeza, me sonrió, levantó los hombros y se apoltronó en el sofá de la sala. Yo la seguí sin expectativas, de hecho, estaba aún intrigado por la procesión que había visto subir al segundo piso.

—Si ellos van a celebrar, yo digo que nosotros hagamos lo mismo. En este momento, usted señor Sinclair, será uno de nosotros.

—¿Uno de ustedes? —dije con gran extrañeza.

—Siempre que hacen esa celebración los que no participamos podemos tener una noche libre y usar las instalaciones del hotel como nos plazca.

—¿El hotel se queda sin servicio? —pregunté un tanto asombrado.

—Sí, podemos decir que por esta noche el hotel es todo nuestro.

—En verdad que este lugar no deja de sorprenderme, quieres decir que si a Max se le ocurre correr desnudo por el jardín, ¿no hay nadie que lo detenga?

Mercedes rio.

—¿A qué Max se refiere?

—Ah sí claro, el cantinero de múltiples personalidades.

Mercedes frunció el ceño con extrañeza y continúo: Antes de que cierren la puerta cualquiera puede asistir al gran banquete.

—¿Y los demás empleados?

—¿Qué hay con ellos?

—Sólo he visto a un par durante todos estos días, a ese tipo del impermeable que pensé que era un jardinero, a una mucama, y claro a Fabiano y Raúl...

—Fabi y Raúl no son exactamente empleados del hotel, aunque digamos que tienen un lazo muy estrecho con él.

—¿Y los demás?

—Los demás pues, pueden hacer lo que les plazca, aunque después de tantos años, quizá sólo se queden en sus cuartos a dormir.

—¿Y nosotros, qué hacemos aquí? —pregunté.

—Nosotros vamos a celebrar.

—¿A celebrar? ¿Qué vamos a celebramos?

—Un *¡joyeux n'importe quoi!* ¿Tiene que haber un motivo para celebrar?

—Bueno, por eso se llaman celebraciones, ¿no?

Mercedes saltó del sillón, caminó hacia una credenza sobre la que había un tocadiscos, abrió una de las puertas, eligió un acetato y prendió el aparato. Era *California Dreamin'* una canción que me pareció irónica por el predicamento en el que me encontraba y mi urgencia por regresar a Estados Unidos. Mercedes siguió un par de compases balanceando la cabeza y luego abrió un pequeño frigobar, sacó una botella de *champagne* rosada con dos copas de cristal cortado, descorchó la botella girando el corcho con la mano y sosteniéndolo hasta que hizo *"pop"*, sirvió las copas, me extendió una y repitió:

—*¡Joyeux n'importe quoi!* Señor Sinclair.

Las copas chocaron y brindamos.

Mercedes cerró los ojos mientras pasaba el trago y una sonrisa de satisfacción apareció en sus labios.

—Es mi favorita.

—Es realmente buena —dije girando la botella para leer la etiqueta.

"Armand de Brignac Brut Rosé
Ace Of Spades Midas Melchizedek"

No tenía que ser una gran conocedor de vinos para saber que estaba participando en un nuevo robo, esta vez a la cava de Antoinne Miller.

Volvimos a brindar.

Ahora mercedes sacó de una bolsa en su vestido un pequeño porro, lo prendió y me ofreció, negué con la mano, ella torció la cabeza y sonrió, ahora fui yo el que me encogí de hombros, tomé el cigarrillo y le di una fumada.

Nos quedamos un rato, sentados, bebiendo y escuchando la música.

—Si fuera un animal, ¿qué animal sería? —dijo mirando hacia el techo.

—No lo sé, nunca me había hecho esa pregunta.

—Vamos, dígame, ¿nunca soñó con ser un animal?

—No, realmente no, ¿tú, qué animal serías?

—Sería un pájaro.

—¿Para volar?

—Sí... Para subir, subir y subir y luego dejarme caer.Levantó la mano lo más alto que pudo, luego descendió en picada y justo cuando sus dedos iban a rozar su vestido, volvió a subir.

—Sí... así me la pasaría: subiendo, subiendo y subiendo, sólo para sentir el vértigo en la panza, una y otra vez.

La compañía de Mercedes me resultaba agradable, noté que sus mejillas se comenzaron a sonrosar. Me quedé mirándola, sus rasgos finos, su nariz delgada y recta, los bucles dorados que le caían rebeldes y voluntariosos por los hombros, sus labios delgados y rojos, sus ojos como miel encendida contrastados por sus pupilas que poco a poco se dilataban. Era hermosa, pero bajo esa belleza habitaba una mujer indescifrable, una niña que jugaba con sus manos y a la vez una hembra seductora capaz de ruborizar a cualquiera con una sonrisa. Me volví a preguntar qué hacía Mercedes en ese lugar, era una mujer que podía poner de rodillas a cualquiera, pero parecía resignada, como si un grillete invisible la mantuviera encadenada al hotel.

—¿Qué edad tiene Fabiano?

La rubia hizo una mueca.

—No lo sé, nunca se lo he preguntado. Debe ser mayor, así como usted —me dijo provocándome.

Yo sonreí, le di una fumada al porro y exhalé el humo despacio.

—Hace un par de días estaba en la biblioteca y hojeé un álbum, uno fechado treinta años atrás. Eran fotos viejas del hotel, justo cuando estaba en remodelación. Era un álbum de fotos como cualquier otro, pero una de ellas me llamó la atención, en esa aparecía una mujer muy guapa supongo que la esposa del dueño, pero lo extraño es que posando junto a ella estaba un tipo idéntico a Fabiano.

—Esos álbumes... siempre he dicho que deberían tirarlos, pero siempre se me dice que todo debe permanecer intacto.

—Supongo que son recuerdos gratos del señor Miller.

—Supongo que sí.

«Entonces, antes de irme los quemaré», me dije.

—Pero retomando lo que te preguntaba —insistí—, si el Fabiano de la foto es el mismo con el que apenas ayer bailabas, debería tener más de sesenta años.

Mercedes cerró los ojos y tardó en responder.

—El tiempo es relativo… Más en el desierto.

El asunto del tal Fabiano me intrigaba, pero no tanto como para volver a insistir ante la evasiva. Volví a fumar y miré hacia la ventana, el cielo seguía despejado.

—Tiene días que quiero marcharme de este lugar y simplemente no puedo, es como si algo me retuviera.

Ella suspiró, dio otro trago a su *champagne* y contestó sin mirarme:

—Aquí todos somos prisioneros.

—¿Prisioneros?

—Sí… todos aquí somos prisioneros de nuestros pensamientos, de nuestros artificios.

Mercedes dejó la copa de *champagne* en la mesa y me miró fijamente, los bucles de sus cabellos le cubrían misteriosamente la cara, me sonrió y con cadencia se levantó y se sentó junto a mí. Acarició con su dedo índice la herida que me había hecho por encima de la ceja y dijo:

—Lo ve, aquí habrá una cicatriz por la que quiso escapar un pensamiento.

—¿Cómo que por ahí quiso escapar un pens...

Pero la hermosa rubia interrumpió besándome los labios. Su beso era tibio y suave, respondí siguiendo su ritmo, sus manos estaban posadas sobre mis mejillas y se subió sobre mí envolviéndome con sus piernas. Sus manos comenzaron a descender por mi espalda. Sentí que revivía un momento, la pesadilla de la habitación número seis, pero a diferencia de aquel extraño sueño, los besos y las caricias no eran una avalancha descontrolada, Mercedes parecía disfrutar de las sensaciones, del tacto, de los aromas, del ritmo delicado y constante en el que se mecían nuestros cuerpos. Su caricias siguieron descendiendo, sabía que pronto encontraría el revolver, pero esta vez no me importó que lo descubriera, quizá la marihuana, o la candencia del encuentro me llenaron de indolencia. Cuando sentí que sus dedos rozaron la empuñadura de la pistola, la abracé con más fuerza y me sumergí en la piel de su cuello.

—¿Es usted un hombre peligroso, señor Sinclair? —me dijo en susurro mientras sacaba el revólver de mi pantalón y lo dejaba caer en el sillón.

Ahora fui yo el que ignoró su pregunta, metí mis manos por debajo de su vestido y le bajé esa braga de encaje, mientras ella revolvía las piernas para terminar de deshacerse de ella.

Me levanté del sillón y me la llevé entrelazada a mi cuerpo hasta la cama. Sin prisa me desabrochó los jeans mientras yo la besaba y me deshacía de su sostén. La penetré despacio, y mientras lo hacía, sentí cómo todos sus músculos se contraían. Un escalofrío me recorrió la piel mientras ella flexionaba la espalda hacia atrás. Mercedes era de esas mujeres de las que los jadeos, el sabor de su sudor y hasta la manera en que su cuerpo se contraía eran deliciosos, me pareció que le estaba haciendo el amor a un ser etéreo, a una musa, a una diosa encarnada. Mercedes me abrazó con fuerza y el ritmo de sus caderas aumentó al tiempo que un hormigueo comenzó a cobrar fuerza en la base de mi espalda y se fue expandiendo por cada centímetro de mi piel. Su pubis y abdomen se contrajeron violentamente, yo sentí una súbita descarga de placer que me paralizó cada músculo del cuerpo. Ella se arqueó y lanzó un gemido que se fue quedando afónico hasta que se convirtió en un débil jadeo.

Recuperé el aliento y aún dentro de ella la besé, Mercedes me respondió tibiamente con sus labios, estaba absorta en su reflejo en el espejo del techo, me acarició la mejilla y sin dejar de mirarse dijo en un susurro:

—No me abandones.

La miré tratando de comprender, «¿a quién le había hablado?, ¿a mí?, ¿a ella misma?, ¿a alguien en sus recuerdos?». Despacio me di la vuelta y me quedé tumbado también mirando nuestro reflejo.

La puerta secreta

A LOS POCOS MINUTOS Mercedes se quedó dormida. Sus suaves ronquidos parecían más bien ronroneos. Me quedé unos minutos mirándola, parecía una niña acurrucada con su almohada. Desde la muerte de Raquel no había sentido nada por ninguna mujer, las veces que me había acostado con alguna, habían sido entretenimientos vacíos, pero esta vez había algo difícil de explicar, sabía que no podía quererla, al menos no aún, aunque por alguna razón tampoco me era indiferente, lo que me hacía sentir un extraño resabio a traición en la boca.

Me levanté de la cama y me paré junto a la ventana. La abrí y prendí un cigarrillo. Debía descansar si mañana pretendía emprender una caminata a través del desierto, pero el intenso orgasmo, lejos de adormilarme me había quitado el sueño. Fumé y al exhalar, el humo se fue volando hacia el jardín secreto, pasó sin disiparse por las piedras hasta el pedestal en el que estaba la extraña estatuilla del ser en cuclillas sosteniendo el espejo negro. Tardé un minuto en darme cuenta, cuando de repente la estatuilla había desaparecido. El humo siguió avanzando hasta que se topó contra la pared detrás del pedestal. Me quedé mirando el punto en el que el humo había chocado, era extraño que no se disipara, parecía ser succionado por alguna ranura en la pared. No había barrotes en la ventana, por lo que acceder al jardín era fácil, sólo era dar un pequeño salto desde el balcón. Miré a Mercedes, seguía ronroneando abrazada a la almohada. Recogí la ropa del piso, me vestí, cogí la pistola y el resto de mis cosas y salí de la suite por la ventana.

Cuando llegué junto al pedestal, el humo ya había desaparecido, así que prendí otro cigarrillo y solté una densa nubecilla. En efecto, había una ranura en la pared por la que el humo se filtraba. Exploré con los dedos y noté que la ranura se había hecho porque una capa de yeso que la cubría se había caído. Rasqué con la uña de mi pulgar y el yeso se fue desprendiendo hasta que se reveló una pequeña puerta que había sido tapiada. Empujé y la puerta se hundió de un costado y sobresalió del otro. Empujé un poco más fuerte y la placa giró sostenido por un eje en el centro y reveló un túnel oscuro y estrecho. ¿Sería alguno de los pasadizos de servicio que había mencionado Mercedes? Era demasiada coincidencia pero me intrigaba saber hacia dónde conducía. Volví a fumar. Exhalé el humo hacia el jardín y de nuevo el pasadizo secreto lo volvió a atraer hacia sus penumbras. «Pareciera que me está llamando». Debían ser las diez u once de la noche, yo no tenía sueño y nada qué hacer. Volví a mirar hacia adentro. La penumbra me hizo dudar, «¿ahora resulta que le tengo miedo a la oscuridad?». Volví a fumar. Entre todos los misterios que rodeaban al hotel había uno, que realmente me preocupaba: ¿Qué había pasado con los cuerpos de Nahuaco y Sogas? Volví a fumar. ¿Por qué habrían tapiado aquella puerta? Me di cuenta que estaba divagando. Saqué el tubo naranja y mastiqué una de las pastillas. El sabor amargo me produjo una arcada como siempre pero seguí masticando. Le di una última fumada a mi cigarrillo y lo apagué en el centro del círculo donde estaba la estatuilla y me dije:

—Muy bien oscuridad, veamos a dónde nos llevas...

Los pasillos

BAJÉ UNAS PEQUEÑAS ESCALERAS iluminando la penumbra con mi encendedor y al final de la escalinata descubrí un interruptor cubierto de telarañas, lo accioné y un sonido eléctrico cruzó por el viejo cableado que corría por el techo hasta que unos focos empolvados comenzaron a parpadear. Debía ser un pasadizo abandonado por décadas, en el piso había una capa de polvo sobre la que fui dejando mis huellas. El pasillo era estrecho, me recordó a los túneles de guerra, algunos focos estaban fundidos, otros iluminaban intermitentemente. Avancé hasta encontrarme con una desviación, esta conducía a una cámara un poco más amplia, debía estar debajo de la alberca porque parecía una antigua caldera de fierros viejos y oxidados. Seguí caminando hasta llegar a un callejón que obligaba girar a la derecha. Antes de continuar miré hacia atrás, mis huellas solitarias parecían plasmadas sobre una fina capa de nieve gris. Seguí adelante, era un pasillo similar al anterior sólo que más largo y menos iluminado. Cada cierta distancia había desviaciones a la derecha con pasillos que tenían escaleras que subían. Calculé las posibles ubicaciones, la primera debía ser el acceso a la alberca pues estaba a sólo unos metros de la caldera, más adelante, la segunda debía ser un acceso al restaurante y después había otra un poco más amplia que las dos anteriores, pero no logré ubicar hacia dónde conducía. Llegué a otra encrucijada, hacia el frente el pasillo seguía muchos metros más, lo podía saber porque había un foco solitario a unos cincuenta metros de distancia. A la derecha había otro pasillo, aunque era difícil de calcular dónde estaba al no tener puntos de referencia, deduje que esa desviación quizá me llevaría hacia la recepción, pero ¿adónde conducía el corredor del foco solitario? Según mis suposiciones debía llegar fuera del hotel. Recordé el orificio que había visto junto al altar de la iglesia en ruinas, ¿llevaría hasta ahí? Era una posibilidad. Regresé literalmente sobre mis pasos, pisando cuidadosamente sobre mis huellas, pues me gustaba ver las marcas de mis zapatos perfectamente plasmadas sobre el polvo. Cuando llegué a la tercera escalinata, la que era más amplia que las otras dos, decidí explorarla.

Subí las escaleras hasta que llegué a una puerta, pero el pasillo formaba un pequeño rellano en donde había otra escalera tapiada toscamente con tablones de madera. Asomé a través de los tablones y descubrí una segunda escalera, más sombría y estrecha, mi curiosidad aumentó pues era evidente que conducía hacia el segundo piso, quizá hasta el misterioso Salón Principal. Traté de quitar uno de los tablones y aunque tuve que ayudarme con un pie para hacer palanca, el tablón cedió. Así arranqué otro par, sólo los suficientes para poder pasar. En esa nueva escalinata no había luz, así que alumbré con mi encendedor. Terminé de subir hasta que llegué a un pasillo aún más estrecho de unos diez metros de largo, parecía un callejón sin salida, pero mientras avanzaba comencé a escuchar un leve canturreo, era más bien un coro que repetía las palabras de una voz mandante. Llegué al final del pasillo y exploré el muro, era una puerta giratoria justo como la que había en el jardín secreto. La empujé un poco y la puerta crujió, paré de inmediato y me quedé atento para descubrir si el ruido me había delatado, pero las peroratas y canturreos continuaron. Empujé un poco más, sólo lo suficiente para poder echar un vistazo.

El gran banquete

La habitación era amplia y de techos altos, tenía unas columnas en los costados sobre las que había unos antorcheros que crepitaban perezosamente. Entre cada columna había cortinas oscuras que descendían desde el techo y que se abultaban en el piso como olas de un mar negro. En la base de cada columna había incensarios en forma de calavera de los que salían por los ojos finas estelas de humo. El piso estaba lleno de velas rojas parcialmente derretidas que parecían centenas de pequeños charcos de sangre. En el centro de la habitación estaban los encapuchados con sus máscaras de calavera. Formaban un círculo alrededor de un pedestal de piedra rústicamente labrado. Sobre el pedestal, cubierto por una frazada negra, había algún ser vivo, quizá un animal pequeño, pues movía lo que parecía ser su cabeza de un lado a otro como siguiendo el sonido de las cantaletas que se hacían a su alrededor. Atrás del pedestal había un mesa larga, también de piedra e iluminada por decenas de velas sobre la que había dos bultos tapados por otro pedazo de tela.

El hombre de baja estatura que dirigía el ritual dijo en voz alta:

—¡Revelen el banquete!

Dos enmascarados quitaron la tela que cubría la mesa. Al principio no pude distinguir qué era lo que habían descubierto, pero poco a poco distinguí el macabro menú: sobre la mesa, que la cubría un mantel de seda negra, estaban los cuerpos de Nahuaco y Sogas con la caja torácica abierta y con los parpados y la boca cosida toscamente con gruesos hilos de alguna fibra parecida a un mecate. Los cuerpos estaban en una posición perturbadora, tenían las piernas y los brazos engarrotados, los dedos contraídos, parecía que su muerte había sido provocada por un increíble tormento, atrás de los cuerpos había un docena de copas doradas, pero lo más estremecedor fue descubrir que dentro de sus cajas torácicas había decenas de racimos de uvas; los enmascarados habían utilizado los cuerpos como grotescos platos para sus aperitivos.

—Hermanos, ¡la carne y la sangre! —anunció uno de ellos.

Los enmascarados coordinados a la perfección, sacaron debajo de sus togas unas dagas largas y puntiagudas y dijeron:

—¡Qué la sangre y la carne nos den fuerzas!

Uno a uno, pasaron a la mesa; cortaban un pedazo de carne de los cadáveres, ya sea de los cachetes, de las piernas o de los brazos; cogían algunas uvas; lo echaban todo dentro de las copas y regresaban a su lugar mientras otro enmascarado, igual de bajo que el que dirigía la ceremonia, pasó llenando cada copa con un líquido púrpura y espeso que parecía sangre. Cuando a todos se les había servido, levantaron sus copas y dijeron:

—No estamos vivos, no estamos muertos, ¡luchamos por la libertad!

Las máscaras tenían una abertura a la altura de la boca que les permitió beber y masticar el abominable aperitivo. Yo no podía creer lo que veía, decenas de veces había escuchado de ritos oscuros y degenerados, pero jamás había pensado que presenciaría uno. ¿Así que ésta era la selecta clientela del Hotel California, un puñado de trastornados que se reunían en un hotel perdido en el desierto para consumar sus aberraciones? La mala suerte o mis absurdas decisiones me habían convertido en un ladrón y la supervivencia me había transformado en un asesino, pero yo no era un maniático y menos un caníbal. «¡Al diablo con este lugar y con toda esta bola de trastornados, me largo de aquí ahora mismo!», dije en mis adentros. Pero al momento en que iba a cerrar la puerta y dar media vuelta, el hombre de corta estatura que dirigía el ritual, levantó su daga y dijo:

—¡El acero vencerá a la muerte!

Todos los demás levantaron sus dagas y repitieron:

—¡El acero vencerá a la muerte!

Avanzaron hacia el pedestal, cuando cerraron el círculo y estaban a sólo un par de pasos, el líder se adelantó y levantó la frazada que ocultaba lo que había en el pedestal.

—Pero ¿qué carajos es eso? —me dije ahogando las palabras.

Sobre el pedestal había una niña con el abdomen abultado, amarrada de manos y pies, amordazada y con los ojos vendados.

—Esto es demasiado —me dije al tiempo que empuñaba la pistola.

Podía permanecer distante ante el canibalismo, pero ¿amenazar a una niña?

El hombrecillo que dirigía toda esa locura le quitó la venda de los ojos y la mordaza a la niña y le preguntó.

—¿Eres tú quién nos mantiene encadenados?

La que en un principio parecía ser una niña, respondió con una voz áspera y angustiada.

—¡Por favor, no nos lastimen! —dijo mientras se cubría el vientre.

En ese momento descubrí que no era una niña, sino una mujer, muy pequeña, ¡una liliputiense embarazada!

—¡Qué muera la bestia! —dijeron en coro los enmascarados.

Todos los enmascarados levantaron sus dagas y se abalanzaron contra la mujer. Escuché como los puñales se hundían en su carne, como los huesos crujían y como la pequeña mujer gritaba horrorizada.

En ese momento, algo en mí se rompió. Vino a mi mente un conjunto de imágenes que me sacudieron como un relámpago.

El día en los viñedos. La mirada de Raquel mientras bailábamos. Un susurro en mi oreja.

—Damián. Estoy embarazada.

Una sonrisa llena de esperanza. Un abrazo profundo. Luego el humo y los gritos. Luego las llamas. Al final el cuerpo de Raquel ardiendo, y yo, incapaz de liberarla, de liberarlos…

—¡Alto malditos! ¡Alto! —grité apuntando a los enmascarados.

Todos se quedaron quietos mirándome.

—¡Aléjense o les meto un tiro en la cabeza! —seguí gritando.

Los enmascarados levantaron las manos en señal de rendición.

—Señor Sinclair, ¿qué hace usted aquí? —escuché decir de uno de ellos.

Yo seguía apuntando alternando entre los enmascarados.

—Señor Sinclair, ¡míreme!

El que parecía ser el líder se quitó la máscara y me habló extendiendo las dos manos al frente en señal de rendición.

—¡Déjenla! —seguí gritando.

—¿Dejar a quién? —respondió.

Sin dejar de estar alerta al resto de los encapuchados, miré al líder. Era Max; el cantinero.

—¡Tú, maldito psicópata! ¡Deja a esa mujer!

Max seguía con las manos hacia el frente en señal de sumisión.

—¿De qué mujer habla, señor Sinclair? ¡Por favor cálmese!

—¡De ella Max! ¡De la mujer que están asesinando! —grité enfurecido.

—Señor Sinclair, ¿qué mujer? ¡Por favor, díganos!

—¡De ella! ¡Maldito maniático! De…

De pronto me di cuenta que en el pedestal no había ninguna mujer, en su lugar estaba la extraña estatua del ser de rostro cadavérico que sostenía un espejo negro. Me quedé paralizado. Miré la mesa y los cuerpos de Nahuaco y Sogas tampoco estaban, en su lugar había platos con viandas, frutas y jarras de vino.

—Pero…

—Señor Sinclair, por favor baje el arma.

Todos los participantes del ritual se quitaron las máscaras, ahí estaban el doctor Norsvakuck con sus dos acompañantes, la pareja de adultos mayores, también estaban Raúl y Fabiano, incluso estaba la misteriosa mujer de la habitación seis.

—Señor Sinclair, por favor baje el arma —insistió Max.

Yo no terminaba de entender lo que sucedía en ese momento. Hacía apenas unos segundos, presenciaba el ritual más perturbador y de pronto estaba yo apuntando a un grupo de personas que habían apuñalado a una estatua de piedra y habían comido trozos de cerdo y pavo en copas de vino.

—¡Me están engañando! ¡Todo en este hotel es un engaño! —dije sin dejar de apuntar.

—Señor Sinclair por favor baje esa pistola, alguien puede resultar herido —dijo el doctor, dejando su daga en el piso y acercándose con las palmas extendidas hacia el frente.

—Un paso más doctor y lo mando al infierno.

—Señor Sinclair, permítame explicar —dijo un segundo Max, uno que estaba a mi derecha.

—¿Qué es esto? —grité sin dejar de apuntar.

—Lo podemos explicar todo —dijo el primer Max, el que tenía la cicatriz en la sien.

Mientras yo trataba de comprender por qué había dos Max tratando de calmarme, el pelirrojo con apariencia de montañés que acompañaba al doctor Norsvakuck me rodeó y aprovechando mi distracción se lanzó sobre mí para quitarme el arma. Era un tipo corpulento, de mi tamaño pero más pesado. Sentí su embestida y los dos caímos al piso, el resto lo vi como si sucediera en cámara lenta. El golpe de mi cabeza contra el suelo, los rostros de sorpresa, el ensombrecimiento de mi visión, un momento de oscuridad y luego gritos, decenas de gritos desesperados.

Lo último que recuerdo

MI VISIÓN ERA BORROSA, parpadeaba sin poder enfocar. Sentía una corriente de aire que me agitaba el cabello. Despacio me levanté, tardé varios minutos en recuperar la visión, tenía en la boca un gusto salado y metálico. Me miré las manos, estaban completamente ensangrentadas.

—¿Qué sucedió? —me dije en un susurro.

Me levanté y cuando reconocí dónde me encontraba me quedé paralizado; seguía en el Salón Principal, las velas y la mayor parte de las antorchas estaban apagadas, la gran puerta de madera seguía cerrada, la mesa de piedra estaba volteada con toda su comida esparcida por el piso y a mí alrededor, estaban los cadáveres de todos los enmascarados. Sentí náuseas, el estómago se me contrajo y vomité.

Me limpié con la mano la boca y volví a mirar; era una masacre, había charcos y salpicaduras de sangre por doquier; algunos cadáveres habían sido acuchillados, otros ejecutados de un tiro en la cabeza y otros más habían sido mutilados y golpeados salvajemente.

Las manos me comenzaron a temblar... Busqué a tientas el frasco de mis pastillas, esa aterradora escena tenía que ser otra alucinación, pero el tubo naranja no estaba en mi pantalón. Lo busqué desesperadamente, miré en todas direcciones hasta que lo encontré a unos pasos de distancia, estaba totalmente aplastado junto a un charco de sangre que se había formado alrededor de la cabeza de uno de los dos Max.

Miré hacia la puerta principal y vi el cuerpo de Alondra, la habían ejecutado mientras intentaba huir, la pistola estaba a un par de metros de su cuerpo. Caminé hasta el revólver, lo levanté y abrí el tambor. Las manos me temblaban tan fuerte que los casquillos cayeron al piso tintineando, todas las balas se habían disparado excepto una. La recogí, la metí a mi bolsa y caminé empuñando la pistola vacía.

La puerta retumbaba, parecía que afuera se había desatado una tormenta. No me atreví a abrirla, di media vuelta y observé la habitación, era una imagen de pesadilla, algunas cortinas estaban desgarradas, los cuerpos destrozados postrados en posiciones estremecedoras, el doctor tenía encajada una de las dagas en la cabeza, el rostro de la mujer madura parecía machacado a golpes, el pelirrojo con el que había forcejeado tenía el cuello desgarrado como si un animal salvaje lo hubiera mordido repetidamente, el segundo Max tenía el abdomen destrozado y las entrañas de fuera, incluso había cadáveres de personas que no pude reconocer. Por todo el salón había riachuelos de sangre que corrían por el piso hacia el pedestal en el que yacía la macabra estatuilla del ser con el espejo negro, quien debido a los reflejos de las antorchas parecía sonreír.

Crucé la habitación frotándome los ojos varias veces con la esperanza de que la visión se desvaneciera, pero ni los cuerpos, ni las manchas de sangre en mi ropa y manos desaparecieron. Descubrí que la corriente de aire que había sentido venía desde la puerta secreta, me dirigí hacia allá, la crucé, seguí por el corredor, bajé la escalinata, pasé la puerta que había sido tapiada con las tablas y seguí descendiendo. Llegué hasta el pasillo, avancé hacia la izquierda y llegué hasta la esquina, miré al fondo hacia la pequeña puerta que daba hacia el jardín secreto, en ese momento me detuve en seco, el corredor no conducía hacia ningún lado, era un callejón sin salida.

—Otra vez está sucediendo, el hotel cambia, ¡el hotel cambia! —grité.

Corrí en sentido contrario sin reconocer el pasillo en el que me encontraba, era más largo y alto. Nada de lo que estaba sucediendo tenía sentido, ¿cómo había sido posible que yo solo matara a un grupo de hombres y mujeres armados con dagas? Por más amenazados que estuvieran por mi pistola, sólo tenía seis tiros y ellos eran más de doce, además ninguno de los disparos parecía haberse hecho repeliendo un ataque, todos habían sido ejecuciones.

Llegué al final del corredor y di vuelta a la derecha, avancé y llegué a una nueva encrucijada.

—¡¿Dónde demonios está la puerta?! —grité.

Seguí corriendo, tenía que encontrar el pasillo que me llevara al lugar en el que estaba antes. Di vuelta en un nuevo callejón y al fin me encontré con el corredor que llevaba a la puerta del jardín secreto. Corrí para salir de los túneles, pero al mirar el piso me detuve en seco, las huellas que había marcado en el piso ya no estaban solas, de hecho había varias pisadas pequeñas del tamaño de los pies de niños. Unas risas divertidas o quizá maliciosas se escucharon por los pasillos, parecían llegar desde el fondo de los túneles. Corrí hacia la salida, como si la pequeña puerta al fondo fuera la salvación de la pesadilla en la que me encontraba.

Cuando salí al jardín secreto una ventisca me sacudió el cabello, hacía frío, tanto que mi vaho parecía humo de cigarro. Noté que delante de cada una de las piedras que decoraban el jardín había hoyos escarbados con pequeños montículos de tierra apilados a sus costados. Me acerqué y descubrí lo que realmente era cada piedra, en cada hoyo había un esqueleto exhumado. Los huesos eran pequeños y frágiles como los de niños. Un gemido muy suave me distrajo, venía de uno de los hoyos. Me acerqué con cautela y lo que descubrí me hizo dar un salto hacia atrás; en el hoyo estaba el cuerpo purulento y descarnado de un bebé que apenas se movía, estaba cubierto por moscas y gusanos, gemía en agonía, como si la vida estuviera a punto de escaparse de sus pequeños pulmones.

En ese momento me llegó un olor a podredumbre y muerte que me fue incapaz de soportar, caminé hacia atrás cubriéndome la boca. De reojo noté unas siluetas a mi derecha, volteé y vi a las niñas con las máscaras paradas junto al pedestal en el que la macabra figura del espejo negro había vuelto a aparecer. Esta vez no eran tres niñas, sino seis, todas con extrañas máscaras de animales y una de ellas la de la máscara de tlacuache tenía en los brazos al bebé moribundo que justo acababa de ver en el hoyo.

—¡¿Qué quieren?! —grité, mientras avanzaba hacia atrás.

Choqué contra el balcón de herrería de la habitación en la que estaba con Mercedes, miré hacia adentro y la ventana seguía abierta. Me impulsé y salté el balcón sin despegarles la mirada a las niñas que seguían inmóviles mirándome detrás de esas espantosas máscaras y que habían empezado a tararear una canción de cuna.

Entré a la habitación y cerré la ventana con las manos temblorosas. Seguí mirando por detrás de la cortina, pero en un abrir y cerrar de ojos las niñas, el bebé y los hoyos en el piso habían desaparecido.

Caminé despacio hacia la cama, las sábanas seguían revueltas, pero no había rastro de Mercedes. Me senté y me jalé los cabellos tan fuerte que grité.

Todo me daba vueltas, mis manos seguían temblando descontroladamente y sentí una fuerte náusea otra vez. Me levanté y corrí a tropezones hasta el baño. Vomité un líquido claro y amarillento. Abrí la llave, me enjuagué la boca, noté que la sangre ya estaba seca en mis manos. Saqué la pistola y el sobre de piel y los puse a un costado del lavabo y me froté las manos, la cara y los cabellos. El agua hizo un remolino rojizo en el lavabo.

—Estoy enloqueciendo... todo es una alucinación...

«¿Una Alucinación?» —me respondió una voz en mi cabeza.

—Sí, una alucinación —repetí.

«¿Y ésta sangre que te estás lavando, es también una alucinación?».

—Necesito mis pastillas

«Tus pastillas, otra vez tus pastillas. ¡Mírame Damián!» —me dijo alzando la voz.

Levanté la cara, y miré que mi reflejo me hablaba.

—¡Tengo que salir de aquí! —dije.

—«El hotel no lo va a permitir...» —respondió mi reflejo.

—Prefiero morir en el desierto que quedarme aquí.

—«¿Y cómo vas a salir?»

—Si es necesario voy a quemar todo este maldito lugar.

—«¿Y Mercedes?»

—¿Qué pasa con Mercedes?

—«¿La vas a quemar como quemaste a Raquel?»

—¡Yo no quemé a Raquel!

—«Sí, sí la quemaste.»

—¡No!

—«Sí, Damián, la desprotegiste, así que tú la quemaste, ¡tú los quemaste!»

—No puedo seguir aquí, ¡tengo que irme! tú no eres real.

—«¿No lo soy? Pero me estás escuchando y sabes que todo lo que digo es verdad.»

—Sólo eres un reflejo en el espejo.

—«No... no lo soy.»

—Deja de jugar con mis pensamientos.

—«Yo soy tus pensamientos.»

—¡Sólo eres un fantasma!

—«¿Eso quieres creer? Entonces, somos muchos fantasmas los que vivimos dentro de ti.»

—¡Basta!

—«¿Ya olvidaste que siempre hemos estado juntos?»

—¡Cállate!

«¿Callarme? Eso es imposible, a menos que...»

—¿A menos que, qué?

—«A menos que quieras verdaderamente silenciarme» —dijo el reflejo y miró la pistola que había puesto junto al lavabo.

—¡Vete a la mierda! ¡Me voy!

—«¡No puedes huir de ti mismo!»

—¿Quieres verlo?

—«Yo no saldría de esta habitación...»

—¿Crees que le tengo miedo a unas chiquillas con máscaras?

—«Allá afuera hay mucho más que eso.»

—Nada es real.

—«Deberías quedarte aquí, no salgas Damián.»

—Adiós.

—«¡No salgas!»

Cogí la pistola y el sobre, y salí del baño dejando a mi reflejo hablando solo. Antes de salir del cuarto, me paré en el marco de la puerta y me dije varias veces:

—Todo está en mi mente... Todo está en mi mente...

Metí la mano a la bolsa delantera de mi pantalón, saqué la última bala que me quedaba, la cargué en el tambor del revólver, respiré lo más hondo que pude y abrí la puerta.

Rapsodia

DESDE EL MOMENTO que salí de la habitación sentí que la temperatura descendía. Era como si las paredes del hotel se estrecharan para dificultarme el paso. Caminé hasta el final del pasillo y di vuelta a la derecha, cuando llegué a la puerta de la alberca, miré el largo corredor que me llevaría hasta el jardín central.

—Aquí vamos... —dije entre labios.

Avancé decidido hasta la encrucijada que conducía hacia mi habitación, volteé por instinto y vi la silueta de una mujer delgada y de cabellos muy largos y lacios parada al fondo del pasillo que respiraba agitadamente, cuando iba a seguir de largo, la mujer dio un grito horrible y levantó los brazos hacia mí. Creí escuchar que me pedía ayuda, pero no me quedé a averiguarlo, seguí hacia adelante. Cuando llegué al patio el mismo viento que me recibió en el jardín secreto me heló los huesos. Pero algo había cambiado en el hotel, de pronto todo era gris y viejo, parecía una ruina abandonada, las paredes estaban descarapeladas, las plantas y enredaderas del jardín se había secado, el piso estaba lleno de polvo, y las puertas carcomidas y desvencijadas. Miré hacia la fuente de las sirenas, ahora estaba tapizada de moho, algunas esculturas estaban rotas y noté que de sus pechos salía un débil chorro de un líquido marrón que bañaba un cuerpo que flotaba boca abajo. Reconocí la camisa a cuadros del pelirrojo barbudo que acompañaba al doctor Norsvakuck.

—Eso no es real —me dije y seguí de frente.

Pasé junto al restaurante; una de las puertas estaba abierta y adentro alcancé a ver los cuerpos de una pareja de edad avanzada con la cabeza metidas en sus platos de comida. Por alguna razón que no puedo explicar supe que los dos se habían muerto envenenados, ella debido a una venganza y él por remordimiento. Seguí mi camino, pasé junto a las escaleras que llevaban al segundo piso, vi el cuerpo de la mujer obesa que venía con el pelirrojo y el doctor tirada a la mitad de las escaleras.

—No es real, sigue tu camino, no es real —volví a repetirme.

Di vuelta a la derecha rodeando el patio y pasé junto a la cantina. El letrero estaba tirado en el piso y escuché como si dentro alguien pidiera clemencia.

—¡Por favor Max! ¿Max? ¡Maximiliano! ¡No! ¡No lo hagas, soy yo! ¿Max? ¡No soy un fantasma! ¡Soy Máximo! ¿No me reconoces? ¡Quita esa mirada! ¿Max? ¡Hermano! No... ¡No! ¡Noooo!

Luego escuché un tiro. Un lamento parecido al quejido de una hiena y luego un segundo disparo que dejó la habitación en silencio.

—Vamos, sigue tu camino, ¡sigue tu camino! —me dije.

Llegué a la recepción. Cuando entré me costó trabajo reconocerla. Era un cuarto con muebles polvorosos, estatuas y cuadros tirados en el piso. Fui directo hacia la puerta e intenté abrirla, pero el cerrojo otra vez estaba atorado. Forcejeé, empujé, pateé, incluso le apunté al cerrojo con la pistola, pero desistí, sólo tenía una bala y si no lograba abrirlo de un tiro, me quedaría desarmado. Miré atrás de la barra de la recepción la repisa con los quinqués, estaban empolvados, pero dos tenían todavía aceite. Recordé alguna advertencia por el fuego, pero mi mente se estaba nublando, lo único que quería era salir del hotel o hacerlo cenizas. Aventé los candeleros contra la puerta y las ventanas, saqué mi encendedor y les prendí fuego.

Las llamas crecieron en segundos. El humo llenó la habitación por lo que tuve que salir de la recepción. Esperé en el jardín mirando cómo todo se envolvía en llamas. El fuego pasó de la recepción a la cantina y a la sección de las habitaciones de empleados. Una de las vigas del techo cayó frente a la reja que conectaba esa sección impidiendo el paso. En ese momento, como si repitiera la peor de mis pesadillas, vi que Mercedes salía de una de las habitaciones de empleados, estaba asustada, corrió hacia la reja trató de empujarla, pero estaba obstruida por la viga en llamas.

Me miró con ojos suplicantes y dijo;

—¿Damián?

Esto debía ser otra alucinación.

—No me vas a engañar —me dije dándome unas cachetas en la cara.

—¡Damián!

—No es real, ella no es real —me repetía.

—¡Damiiaaann!

Levanté la mirada y no era Mercedes la que estaba detrás de la reja, ¡era Raquel!

—¡Damián ayúdame!

—Pero tú…

—¡Damián, no puedo salir!

Raquel tosía, se llevó la mano a la garganta y hacia esfuerzos por jalar aire.

—¡Raquel! —grité.

Traté de mover la viga, pero la madera en llamas me quemó. Raquel seguía llamándome y la toz comenzaba ahogarla.

—¡No! ¡Esto no!

De alguna manera Raquel estaba frente a mí y la podía salvar, ¡podría salvarlos! Cogí la viga con las dos manos y jalé, jalé con todas mis fuerzas. Sentí que la piel de mis manos se achicharraba, y continué jalando hasta que con un grito desesperado logré mover la viga.

Raquel trató de abrir la puerta, pero la reja ardía. Yo tenía las manos en carne viva y sin importar el ardor, jalé el cerrojo y logré abrir la puerta.

Mercedes salió encorvada y tosiendo. Y me abrazó.

—Damián, ¿qué está pasando? ¡Tus manos! —dijo al ver mis manos descarnadas.

—No importa Raquel, no importa... ¡Tenemos que salir de aquí!

—¿Raquel? ¿Quién es...

—¡Vámonos! Tenemos que salir de aquí.

—¡Espera! ¡Tenemos que avisar a los demás!

—¡Debemos irnos, no hay tiempo!

—No podemos dejarlos Damián.

—Todos están muertos, ¿no lo entiendes? ¡Vámonos aún tengo el sobre de piel! Caminaremos en el desierto y luego iremos a San Francisco.

—¿Qué sobre? Damián vamos a decirles...

—Te digo que están muertos.

—¿Estás loco? ¡Suéltame!

—Raquel, mírame, ¡mírame mi amor! Todos están muertos, tenemos que irnos…

—¡Suéltame! ¡Damián suéltame! ¡Ayuda!

—Raquel, ¿qué haces?

—¡Ayuda! ¡Ayuda!

Raquel estaba enloquecida, quería entrar a las habitaciones, ya la había visto quemarse viva una vez y no lo volvería a hacer. Se jaloneaba e intentaba liberarse de mis manos, hasta que entendí que estaba en *shock* y debía salvarla. Cerré el puño y le di un golpe en la quijada. Su cuerpo se desplomó y antes de que cayera al piso la sostuve, la cargué sobre mis hombros y avanzamos por el pasillo que llevaba hacia el jardín secreto.

El espejo negro

Tenía las manos descarnadas y el ardor era insoportable, pero no podía pensar en el dolor, no podía detenerme. Raquel era delgada por lo que no me costó correr llevándola en los hombros. El fuego a nuestro alrededor se había convertido en un monstruo hambriento que devoraba todo lo que tocaba. En minutos se había extendido por todo el patio central, que presentaba una imagen dantesca de un jardín infernal, con macetas, estatuas y jardineras ardientes, la fuente de las sirenas estaba de pronto rodeada de resplandores que acentuaban sus gestos de desesperación. Las llamas también habían llegado a la biblioteca donde habían encontrado un banquete de libros y papeles viejos que salían por la puerta principal como aves de fuego que iban contagiando de su abrasador aleteo a todo lo que tocaban.

Entre todo el caos, me di cuenta que podía escuchar con claridad las voces del hotel; escuchaba sus lamentos, incluso podía sentir cómo se retorcían de dolor. Rodeé la puerta de la biblioteca, que parecía la boca de un dragón y supe que dentro Fabiano se había colgado por desamor. Seguí corriendo y cuando pasé junto al Salón de los Catrines, supe que el doctor Norsvakuck se había tomado un frasco completo de pastillas para dormir debido a una negligencia médica que no era capaz de superar: días antes, había intentado salvar a una huésped, pero en completo estado de ebriedad. El doctor había equivocado la inyección y había acelerado las convulsiones de Alondra quien moría debido a una sobredosis de cocaína.

Así, mientras corría entre las llamas, el hotel me contó sus historias, supe todas las tragedias que habían sucedido dentro de sus muros y que habían permanecido ocultas en el olvido del desierto. Supe que Raúl se había contagiado de una enfermedad mortal y que se había marchitado en completa soledad en una de las habitaciones. También escuché sobre la volcadura de un camión que había matado a una de las hijas del señor Huang, pero el accidente también había acabado con la vida de una mucama que cuidaba a la niña y que días después el chofer del autobús incapaz de resistir el remordimiento se había cortado las venas.

Seguí corriendo, si quería salvar a Raquel no me quedaba más opción que regresar a los pasadizos subterráneos y buscar una salida. Recordaba el túnel largo y oscuro del foco solitario que estaba delante de la escalera que me había llevado al Salón Principal, intuía que si lo seguía me llevaría lejos de aquel infierno.

Al igual que el resto del hotel, el jardín secreto estaba también en ruinas, el pasto estaba seco, las lápidas de la familia Huang estaban despintadas. El pedestal al fondo estaba tirado y partido en dos pedazos y no había rastros de la macabra estatuilla.

Dejé a Raquel en el piso, balbuceaba cosas sin sentido. Empujé la puerta secreta y la arrastré dentro, prendí las luces, que para mi suerte seguían funcionando, aunque había más focos fundidos pudimos avanzar por el corredor. Pasé por la caldera, en la que supe que otra tragedia había sucedido, pero no le presté atención, seguí adelante con la determinación de salir. Cuando llegué al final del corredor y di vuelta a la derecha, noté que las piernas me comenzaban a flaquear, por delgada que fuera Raquel, correr con cincuenta kilos extra me estaba fatigando. Seguí trotando y después de tiempo no pude más que caminar. Al fin llegué al túnel que estaba buscando, el del foco solitario que iluminaba con intermitencias la penumbra. Raquel seguía balbuceando, yo la apreté contra mi pecho y le dije:

—Ya casi estamos ahí.

—No... no vayas para allá... —alcanzó a decir.

—Shhh, sólo unos metros más.

Raquel volvió a perder la conciencia y yo seguí avanzando por el corredor. Noté que el piso y las paredes habían cambiado, ya no parecían las de un túnel escarbado, sino los bordes irregulares de una caverna. Llegamos hasta el punto que alumbraba el último foco, el túnel seguía adelante aunque en total penumbra. Caminé con pasos inseguros, balanceando y sosteniendo el cuerpo de Raquel con una mano y la otra extendida hacia la oscuridad. El camino era sinuoso, tropecé varias veces con piedras y orillas rocosas, pero logré mantener el equilibro. Seguimos avanzando hasta que sentí una ventisca fría y escuché el silbido del viento. Metros adelante había cierta claridad que permitía distinguir el camino, cuando mis ojos se adaptaron noté que estaba en una cámara subterránea en la que habían decenas de montículos de piedras sobrepuestas. Atravesamos de lo que me pareció un cementerio ancestral, lleno de tumbas y tallados rústicos en las paredes. Seguimos hasta llegar a un sitio con grandes monolitos que formaban un círculo alrededor de una gran laja de piedra en la que había tallada la estremecedora figura de un hombre con el cráneo expuesto, grandes ojos circulares negros y saltones, su cuerpo parecía estar en huesos, tenía amputado un pie y sostenía con dos manos huesudas un gran espejo de reluciente obsidiana. Desde una grieta en el techo se filtraba un haz de luz que iluminaba símbolos y jeroglíficos que parecían antiquísimos, casi primitivos por la tosquedad de su acabado. Dejé a Raquel a un costado de la laja de piedra labrada y me senté a recuperar el aliento. Miré al fondo de la cueva, había otro espacio oscuro antes de una especie de escalinata que debía salir a la superficie pues también estaba iluminada. Hasta ese momento noté que estaba empapado en sudor, que la cabeza me daba vueltas y respiraba con dificultad. Todo el miedo, la impotencia, las imágenes de pesadilla y el dolor que sentía en las manos se me agolparon en el pecho y estallaron en un lamento. El eco de mi voz desgarrada retumbó por las paredes de roca; después, sólo escuché mis sollozos parecidos al llanto de un niño.

—No debería estar aquí —dijo una voz grave y ronca que parecía provenir desde cada rincón de la cueva.

Las palabras me sorprendieron, me levanté de un brinco y empuñé la pistola. Las lágrimas nublaban mi vista, pero alcancé a distinguí que una silueta terminaba de bajar las escaleras y se internaba en la penumbra que había entre lo que parecía ser la salida de la cueva y el lugar en el que me encontraba. Por un momento no vi nada, sólo escuchaba un golpe acompasado de un bastón de metal que marcaba el paso de que venía a mi encuentro. Poco a poco la silueta se volvió a revelar, era muy alta y escuálida, tardé unos segundos en asociar la imagen, y conforme se acercaba la fui distinguiendo: ¡Era la imagen de la muerte! Tenía una capucha de tela roída que le ocultaba el rostro, el sonido acompasado lo producía una enorme y oxidada oz con la que se ayudaba para caminar.

Toc...

Toc...

Toc...

Sentí un horror indescriptible. No podía moverme, tampoco respirar, tenía el estómago estrujado y como un líquido tibio se escurría entre mis piernas.

—No debería estar aquí —repitió.

La visión siguió acercándose y cuando salió de la oscuridad y la claridad de la luz que se filtraba desde el techo la alcanzó, la imagen de la muerte se transformó en la del hombre del impermeable. La oz era el azadón con el que en ocasiones se ayudaba para caminar.

—Su lugar está en el hotel, no aquí.

—Yo me tengo que ir. Tengo que llevarla lejos de este infierno —dije.

—Nadie puede irse. Son las reglas.

El miedo fue disminuyendo y se comenzó a transformar en furia.

—¿Reglas? ¿Qué malditas reglas? Yo la voy a sacar de aquí —le dije apuntándole.

El hombre del impermeable se quedó mirándome sin prestarle atención al revólver.

—No entiende, usted no puede marcharse.

—Claro que puedo.

—Debería calmarse, así será más fácil...

—¿Será más fácil? ¿Qué puta madre será más fácil?

—Comprender...

—Me llevo a Raquel, hazte a un lado anciano o te mato.

Aunque sentía un ardor insoportable en las manos, volví a cargar a Raquel dejándome libre una mano para apuntarle al tipo del impermeable.

El anciano se hizo a un lado permitiéndome el paso y me dijo:

—Todo es un pensamiento. El espejo negro sólo proyecta sus reflejos.

Seguí mi camino hacia las escaleras y noté que el cuerpo de Raquel pesaba menos.

—Señor Sinclair —dijo el anciano quitándose la capucha por primera vez y mirándome fijamente con sus ojos grises—. Nadie puede marcharse. Usted puede salir del hotel cuando guste, pero nunca podrá huir de sí mismo.

De pronto, el cuerpo del anciano comenzó a tomar un color grisáceo, sus ojos se fueron extinguiendo, sus cabellos y barba se endurecieron hasta que se resquebrajaron. Desde las escaleras sopló una ventisca que lo fue desintegrando como su fuera un terrón hasta que quedó hecho polvo. Yo ya no podía creer en nada de lo que veía, sabía que todo era una alucinación, una jugarreta de mi mente enferma que quería arrastrarme hacia la locura.

—Nos vamos Raquel. Nos vamos —dije en voz alta.

En el momento que volteé a mirarla, su rostro y sus ojos también se hicieron grises. Su piel se agrietó y la misma ventisca que provenía de la escalera comenzó a desmoronarla.

Grité.

Grité de horror.

Grité de rabia.

Grité al punto del quebrando.

La sensación de impotencia era tan asfixiante que en pocos segundos me encontré balbuceando, e intentaba abrazar a un cuerpo que se había convertido en polvo.

—¡Raquel!, ¡Raquel! Raquel...

Al fondo de la cueva percibí las mismas voces que había escuchado varias veces que venían desde muy lejos, quizá desde tiempos inmemoriales y que repetían entre susurros mis palabras.

Raquel

La carretera

SUBÍ LA ESCALINATA Y SALÍ por el hoyo que estaba a un costado del altar de la antigua iglesia. Escuché al suave tañido de la campana y el silbido del viento. Había amanecido, estaba ligeramente nublado, pero la claridad del sol iluminaba el desierto. Ya afuera de la iglesia miré al hotel hecho cenizas, los techos habían colapsado, las paredes estaban manchadas de hollín y las puertas y ventanas estaban completamente carbonizadas. Aún había estelas de humo y se podía escuchar el crepitar de algún fuego en agonía. Las llamas habían acabado con todo, los autos en la cochera estaban incinerados al igual que mi Mustang y el Galaxy de los asesinos. Tenía ganas de gritar y maldecir al hotel, pero estaba demasiado contrariado, confundido. Una parte de mí sólo quería caminar y perderse en el desierto, de pronto todo me parecía irrelevante, sentía el maldito sobre de piel en mi entrepierna y me dieron ganas de quemarlo, de que se perdiera para siempre entre las cenizas del hotel, sin embargo, había una pequeña chispa de lucidez que me decía que nada de aquello era real, que todo lo que había visto y sentido era sólo un reflejo de mis pensamientos proyectado en un espejo negro.

Caminé varios minutos del lado opuesto del hotel hacia el sur, la carretera cuarteada y despintada parecía una línea interminable hacia la colina que delimitaba el valle. Cuando llegué a la base del montículo miré hacia atrás: el hotel se veían como una ruina renegrida de la que salía una fumarola que se disipaba en la amplitud del cielo desértico. El viento era frío y no podía frotarme los brazos para entrar en calor, las manos me ardían con el más ligero roce.«Los mataste a todos», me dijo mi propia voz. Traté de no hacer caso, sabía que mi mente me volvería a engañar.

«Los mataste como mataste a todos en el edificio.» Seguí caminando cuesta arriba.

—«¿Crees que me puedes ignorar? Dime, ¿dónde están tus pastillas?» —seguía mi mente queriéndome atormentar.

Tenía que encontrar la manera de seguir avanzando y sólo eso, caminar hasta que las fuerzas me abandonaran o lograra encontrar el pueblo más cercano. «Todos estaban encerrados en el hotel y los quemaste.» Me quedé callado y seguía caminando. «Los quemaste.» Seguí avanzando en silencio.

—«¡Los quemaste!» —me gritó mi pensamiento.

—¡Cállate! —contesté tratando de mantener la calma.

—«Los quemaste Damián, los quemaste a todos.»

—¡No es verdad! Todo es mentira.

—«No hay mentiras, ¡eres un asesino! Los quemaste justo como quemaste a Raquel.»

—¡Ya cállate! —dije una vez más.

—«No… no me voy a callar, te lo voy a recordar siempre.»

Seguí subiendo la colina y no pude evitar pensar en lo que me decía la voz, ¿y si todos estaban encerrados en el hotel y yo los había matado? Pero yo sabía que todos ya estaban muertos, lo vi, lo escuché, lo supe cuando rescataba a Raquel del hotel.

—«¿Cuándo rescatabas a Raquel de dónde? ¿A quién estabas sacando del hotel Damián?»

—A Raqu… no… yo estaba con… con… ¡Con Mercedes!

—«La mataste Damián.»

De pronto no podía recordar lo que había pasado, sólo tenía imágenes aisladas del jardín, los pasillos del hotel, rostros y risas, luego gritos, Mercedes entre las llamas, luego Raquel en mis brazos y la voz del anciano del impermeable.

Seguí subiendo la colina y cuando al fin llegué hasta la cima miré que de frente había otro valle: una planicie rematada por otra lejana colina con la carretera que parecía una cicatriz que partía el desierto por la mitad. La imagen me resultó familiar, quizá demasiado familiar. Seguí el camino cuesta abajo, y vi que a pocos metros había un letrero desvencijado en el que apenas se podía leer la palabra hotel y una flecha apuntado hacia adelante. Los nervios se me crisparon cuando vi a la distancia dos construcciones una frente a la otra. Cada paso que daba hacía que mi asombro creciera hasta que el lejano tintineo de una campaña me hizo decir:

—Es imposible...

Frente a mi estaba el Hotel California con sus paredes y arcos despintados, el letrero frente a la puerta caído, los techos, la herrería de las ventanas, el garaje con los autos, la iglesia en ruinas con su campaña agitada por el viento y ninguna señal de que hubiera sido tocado por el fuego.

Avancé pasmado, había caminado kilómetros en línea recta, pero el hotel estaba justo frente a mí. En ese momento recordé las palabras del hombre del impermeable:

«Nadie puede marcharse. Usted puede salir del hotel cuando guste, pero nunca podrá huir de usted mismo».

—Huir de mí mismo —repetí.

Caminé hasta la entrada del hotel y a unos cuantos pasos de la puerta caí de rodillas. Distinguí que detrás de una de las ventanas de la recepción había una silueta que me miraba, tenía un vestido blanco y holgado y bucles de cabello rubio. En ese momento lo comprendí todo. Entendí a cada huésped, comprendí el significado de las voces que habitaban entre las paredes y los pasillos. Cada palabra, cada llanto y risa que permanecía atrapada entre las habitaciones y salones. El hotel estaba vivo, todo este tiempo me había hablado, me había seducido y a la vez me había intimidado, me había celado y reclamado para sí mismo, miré otra vez hacia la ventana y descubrí su verdadero rostro. Saqué el sobre de piel de mi entrepierna, lo abrí y miré su contenido con tristeza, todo lo que habíamos hecho había valido para nada, supe también que esa sensación de nostalgia se quedaría hospedada entre los muros del hotel. Dejé el sobre en el piso, saqué la pistola y la miré casi con alivio.

«Nunca podrá huir de usted mismo».

El hombre del impermeable estaba equivocado, se lo demostraría, ¡se lo demostraría a todos!

Una ventisca sopló y me agitó el cabello, traía voces lejanas que me susurraban: «Bienvenido al Hotel California».

Miré que la silueta detrás de la ventana colocaba su mano contra el cristal, yo le sonreí, puse el cañón contra mi sien y luego jalé el gatillo.

El ferrari rojo

Un Ferrari rojo cruzó el amanecer como una centella. Antoinne Miller miró por el retrovisor: los había perdido. El parabrisas tenía un impacto de bala y en el asiento del acompañante también había un pequeño círculo del que salía un ramillete de algodón desgarrado. Respiró profundamente y dio un grito de victoria mientras disparaba al aire. Esta vez habían estado cerca, casi lo habían emboscado, pero sus escoltas le habían dado el tiempo suficiente de pisar el acelerador y huir. Ya les mandaría un cheque sus las familias, pues estaba seguro que nadie había sobrevivido.

La carretera trazaba curvas que iban rodeando cerros rocosos hasta que se abrió paso hacia una planicie en la que había una desviación a la derecha; era una carretera estrecha, pero larguísima que parecía perderse en un desierto. Antoinne sonrió, frenó con el motor, tomó la desviación y aceleró.

El viento le agitaba los cabellos rubios y canosos, de todos, el Ferrari era su auto favorito, un 250 GTO 1962 valuado en una fortuna. Salvo aquella vez que años atrás un muchacho había querido pasarse de listo tomándolo prestado, el Ferrari sólo había tenido un amo.

Subió una colina y siguió hacia el norte, de pronto la carretera le resultó familiar, pasó un letrero caído que no pudo leer y a un par de kilómetros vio que bordeaban la carretera un par de construcciones. Bajó la velocidad y avanzó despacio. Tenía más de dos décadas que no regresaba a ese lugar, lo había querido enterrar en el olvido, pero de alguna manera la carretera lo había traído de vuelta.

El hotel le revivía un dolor profundo y añejo.

—Juana... —dijo en un suspiro.

Sí, Juana Ontiveros de Mendoza había sido la única mujer que había amado, desde el momento en que la conoció supo que ella sería su única debilidad. La había protegido y amado como al tesoro más valioso del mundo, la complacía en todo, pero Juana era una mujer etérea, de gustos simples, a Antoinne le sorprendía que su esposa pudiendo tenerlo todo pidiera mucho menos que cualquiera de sus amantes. Todo cambió un día que hojeando una revista, Juana comentó que desde niña uno de sus sueños había sido tener un hotel. Antoinne escuchó atento y se dedicó a buscar una propiedad que pudiera complacer el deseo de su mujer. Por azares del destino, un amigo experto en el ramo le comentó que los hoteles aislados solían ser los preferidos de las celebridades, por lo que puso a sus agentes inmobiliarios a buscar una propiedad adecuada para construir el hotel más exclusivo del país. Rechazó decenas de ofertas, hasta que le llevaron las fotos de un hotel en ruinas en medio del desierto que había logrado cierto éxito una década atrás, pero que debido a una tragedia estaba en remate. Cuando Juana escuchó la historia y vio las fotografías dijo:

—¡Éste! ¡Éste es mi hotel!

Era una ganga y ninguno de los dos eran supersticiosos, por lo que Antoinne adquirió el hotel y contrató a los mejores arquitectos y decoradores para que asistieran a su esposa en la remodelación. En algunos meses la obra estaba terminada, inauguraron el hotel y celebraron. Antoinne pensó que su esposa estaría satisfecha, pero que, como otras mujeres, pronto perdería el interés y se dedicaría a otra cosa, sin embargo, Juana se obsesionó con la decoración y los detalles. Pasaba largas temporadas atendiendo a clientes y supervisando que cada detalle fuera perfecto. Así, sin darse cuenta, comenzaron los viajes en búsqueda de las piezas más exclusivas de arte y artesanía mexicana, y así, también, sin darse cuenta, en un viaje a la sierra de Oaxaca la perdió.

Estacionó el Ferrari frente a la iglesia, se limpió una lágrima de la mejilla y cruzó la carretera. Sus zapatos de piel reluciente se llenaron de polvo, se quitó los lentes de sol y los guardó en una bolsa de su traje de lino blanco. Se acomodó la Berreta en la sobaquera y cogió un pequeño portafolio de piel del que nunca se separaba; apenas unos días atrás un comando había entrado a su edificio y robado de su caja fuerte una falsificación del documento que siempre traía consigo. Había admirado la determinación de los ladrones, asesinar a una docena de personas para robar el sobre de piel había sido toda una declaración de guerra, pero una vez más, él había sido más astuto y confirmaba que la única persona en la que podía confiar era en él mismo.

Cruzó los arcos que había en la fachada y notó que en el piso había una mancha rojiza, se agachó y la tocó con el dedo índice, parecía un charco de sangre seca. Se limpió con un pañuelo y levantó la mirada. Encima de la puerta estaba el letrero que la propia Juana había pintado con el nombre del hotel. Caminó y empujó la puerta, los goznes rechinaron y la claridad del día iluminó la recepción.

La estancia estaba llena de telarañas y polvo. La pintura de las paredes estaba desgastada, quedaban algunas piezas de la decoración original, pero la mayoría habían sido robadas o destruidas.

Salió de la recepción y caminó por el pasillo que rodeaba el jardín interior. La puerta de la cantina estaba tirada y adentro aún estaba la rockola amarilla, unas cuantas sillas y mesas y junto a la barra el maniquí de un esqueleto tirado en el piso.

Antoinne siguió por el pasillo, el jardín estaba destruido, había macetas tiradas y resquebrajadas, sobrevivían algunas cactáceas y arbustos desérticos que habían crecido con el paso del tiempo. Un aroma dulce y penetrante le llamó la atención, el hotel estaba demasiado aislado como para que un grupo de vagos lo usara de guarida, por lo que el olor a mariguana lo alertó. Avanzó por uno de los caminos del jardín hasta que llegó a la fuente que había mandado esculpir con peces, tritones y sirenas. Había una mujer sentada en la base dándole la espalda tarareando una canción.

—¿Qué hace usted aquí? —preguntó Antoinne con la mano metida en el saco empuñando la pistola.

Estaba alerta y lamentó haber entrado a un lugar abandonado sin escoltas, todo le advertía que había caído en una nueva emboscada.

La muchacha miró sobre el hombro, apagó el cigarrillo y dijo.

—Disculpe, no lo escuché llegar.

Era una joven hermosa, de sonrisa reluciente, los rizos dorados y rebeldes que le cubrían parte del rostro, sin poder ocultar sus grandes ojos color miel. La joven se levantó, usaba un vestido de tirantes que a pesar de lo holgado revelaba una figura esbelta y bien formada. Antoinne se quedó mirándola y después de un momento volvió a preguntar:

—Señorita, ¿qué hace en mi hotel?

—Yo soy su hotel.

—¿Cómo dice?

—Sí señor, todos los somos y tenemos años esperándolo. ¿Le ayudamos con su equipaje?

—Pero ¿de qué habla?

Una brisa agitó el cabello de la muchacha.

—Señor Miller su habitación está lista.

Antoinne parpadeó y frente a sus ojos el hotel comenzó a cambiar, en segundos, las plantas del jardín reverdecieron, la fuente comenzó a funcionar, las columnas y estatuas se llenaron de enredaderas, las paredes se resanaron y adquirieron sus colores originales.

—Pero qué está pasand...

—Por favor, permítanos ayudarlo con su equipaje.

Un hombre uniformado, alto y fornido se acercó. Usaba el cabello amarrado con una cola de caballo y tenía dos cicatrices del lado derecho de su rostro: una sobre la ceja y la otra en la sien, usaba guantes blancos que le cubrían las manos que parecían quemadas.

—¿Me permite? —le dijo amablemente señalando el portafolio de piel.

Antoinne hizo un gesto de extrañeza, la cara del sujeto le parecía vagamente familiar, pero la visión del hotel en su pleno esplendor no le permitía pensar con tanta claridad, era como si el aroma a la marihuana le estuviera causando algún tipo de alucinación. Hipnotizado entregó el portafolio.

La rubia sonrió y le dijo mientras paseaba la mirada por el hotel:

—¿Es un lugar hermoso verdad?

Antoinne contestó con gesto afirmativo.

—Sí, este jardín es nuestro orgullo... —le dijo Mercedes clavándole los ojos que de pronto adquirieron un sutil brillo siniestro. Antoinne dio un paso hacia atrás, pero en un parpadeo la rubia había vuelto a adquirir su semblante amable y desenfadado.

—Muy bien, no perdamos más tiempo, su esposa lo espera.

—¿Mi esposa?

—Sí señor Miller, su esposa lo espera en su habitación.

«¿Mi esposa? ¡¿Juana está aquí!?», pensó Antoinne.

—Por favor permita que Damián lo conduzca, él será su *concierge* y encargará que su estancia sea como la merece.

Antoinne trataba de comprender lo que estaba pasando, pero sintió un ligero mareo y sin tener control sobre sí mismo, siguió al hombre por el pasillo que conducía hacia las habitaciones, pero unos pasos antes de que salieran del jardín la rubia le dijo:

—Y señor Miller...

Antoinne se detuvo y miró a su anfitriona.

—Bienvenido al Hotel California.

FIN...

Agradecimientos

¡GRACIAS POR LEER HOTEL CALIFORNIA! Espero que hayas disfrutado la novela y que hayas pasado un buen rato entre sorpresas, estremecimientos y misterio. Te confieso que lo que inició como un proyecto sencillo, es decir, yo pensaba que escribiría un cuento largo que a lo mucho concluiría en un par de meses, terminó siendo esta novela en la que invertí más de dos años de investigación, imaginación y escritura.

Hay mucha complejidad al explorar los recovecos de la mente humana, a veces lo más terrorífico está en nuestros pensamientos y eso motivó el desarrollo de esta historia. Al final, me gustaría poder discutir contigo sobre los episodios del libro, debatir sobre la construcción de los personajes, la trama y las locaciones, incluso sobre los secretos ocultos en los diálogos y la narrativa. Hay varias referencias a otros escritores y novelas que seguramente encontraste, pero más allá de ser guiños de admiración a otras plumas, traté de ofrecerte una novela divertida y auténtica con giros que te mantuvieran interesado y disfrutando cada página.

Quiero agradecer a mi agente Paulina Vieitez por su amistad y apoyo, pero sobre todo por su deslumbrante entusiasmo que logra abrir cualquier puerta. Agradezco a toda la gente de Harper Collins por confiar en este proyecto y darme la oportunidad de compartir este gran capricho literario. Quiero agradecer a mi hermana por siempre estar presente y darme ánimos, a mi pequeño príncipe por escuchar por las mañanas en camino a la escuela el playlist de este libro y cantar conmigo, a sus siete años, todas esas extrañas canciones, y por supuesto quiero agradecer a mi mamá, por siempre ser una de mis primeras lectoras, entusiasmarse con esta historia e incluso ayudarme con algunas correcciones, aún cuando en el fondo sé que este género no es precisamente uno de sus favoritos. Por último quiero agradecer a mi compañera de vida, a mi cómplice, por recordarme todos los días con una sonrisa la razón por la que escribo, por ayudarme a elegir las canciones de las que fuimos sacando los fragmentos que construyeron la novela y por permitirme arrullarla con la monótona melodía de las teclas de mi computadora hasta altas horas de la noche.

Estimado lector, te invito a que me sigas en redes sociales @ramonvaldese y que estés al pendiente de las actividades y foros que constantemente estamos organizando, soy muy activo en medios digitales y estoy seguro que podremos intercambiar puntos de vista y nuevas ideas. Sólo me resta agradecerte por haberme dado la oportunidad de compartirte estas páginas y estoy seguro de que muy pronto nos reencontraremos en otro viaje, en otra historia, mientras tanto... ¡Cuidado con lo que piensas!

Ramón